जासूसी दुनिया सिरीज़

6

कुएँ का राज़

लौट आये हैं इब्ने सफ़ी

जासूसी दुनिया के पहले आठ उपन्यास लेकर

1. दिलेर मुजरिम
2. जंगल में लाश
3. औरत फ़रोश का हत्यारा
4. तिजोरी का रहस्य
5. फ़रीदी और लियोनार्ड
6. कुएँ का राज़
7. चालबाज़ बूढ़ा
8. नक़ली नाक

इब्ने सफ़ी

कुएँ का राज़

अनुवादक
चौधरी ज़िया इमाम

सम्पादक
नीलाभ

हार्परकॉलिंस पब्लिशर्स इंडिया

हार्पर हिन्दी
(हार्परकॉलिंस पब्लिशर्स इंडिया, ए जॉइंट वेंचर विद द इंडिया टुडे ग्रुप)
द्वारा 2009 में प्रकाशित

हार्पर हिन्दी हार्परकॉलिंस पब्लिशर्स इंडिया का हिन्दी मुहर है

4th फ्लोर, टावर A, बिल्डिंग नं. 10, डीएलएफ साइबर सिटी,
डीएलएफ फेज II, गुरुग्राम, हरियाणा – 122002, भारत
www.harpercollins.co.in

ISBN : 978-81-7223-885-8

टाइपसेटर : निओ साफ़्टवेयर कन्सलटैंट्स

मुद्रक : माइक्रो प्रिंट इण्डिया, नई दिल्ली

HarperCollins Publishers, Macken House, 39/40 Mayor Street
Upper, Dublin 1, D01 C9W8, Ireland

दो शब्द

इस कहानी में आपको कई दिलचस्प किरदार मिलेंगे। तारिक़ जिसकी आँखें ख़तरनाक थीं, जिसके पास एक अजीबो-ग़रीब नेवला था जो पल भर में बड़े-बड़े शहतीर काट कर फेंक देता था। परवेज़-एक चालीस साल का बच्चा जो घुटनों के बल चलता था। बोतल से दूध पीता था और नौकर उसे गोद में उठाये फिरते थे। ग़ज़ाला-जो हालात से परेशान हो कर फ़रीदी से मदद माँगती है।

इसके अलावा, वह इमारत जिसकी दीवारों से दरिन्दों की आवाज़ें आती थीं और पूरी इमारत किसी जंगल की तरह गूँजने लगती थी और एक कुआँ जिससे अंगारों की बौछारें निकलती थीं।

हिन्दी में हालाँकि शुरुआती उपन्यासकारों में किशोरीलाल गोस्वामी और गोपालराम गहमरी ने ज़रूर जासूसी उपन्यास लिखे और कसरत से लिखे, लेकिन जल्दी ही सामाजिक अथवा ऐतिहासिक उपन्यासों ने उन्हें हाशिये पर धकेल दिया। उर्दू में भी इस धारा का हश्र वही हुआ जो हिन्दी के सिलसिले में देखा गया था। 'चन्द्रकान्ता सन्तति' और 'भूतनाथ' जैसे उपन्यास, जो देवकी नन्दन खत्री या दुर्गा प्रसाद खत्री ने लिखे थे, या इसी तरह के जो तिलिस्मी

उपन्यास उर्दू में लिखे गये, वे एक काल्पनिक रूमानी दुनिया की सृष्टि करके उसमें खलता यानी बदमाशी के तानों-बानों को बुनते थे। उन्हें जासूसी उपन्यासों की कोटि में रखना सम्भव भी नहीं है। वे सामन्ती युगीन परिवेश और मानसिकता से ओत-प्रोत थे, जबकि जासूसी उपन्यास एक आधुनिक दिमाग़ की अपेक्षा रखता था। यहाँ यह कहने की ज़रूरत नहीं कि विधा के रूप में बज़ाते-ख़ुद उपन्यास पूँजीवाद की देन है। इसी तरह 'अपराधी कौन ?' का सवाल सामन्ती युग में उठ भी नहीं सकता था। यह तो पूँजीवाद में हुआ कि अपराध के विभिन्न कारणों की छान-बीन शुरू हुई, अपराध विज्ञान की नींव पड़ी और अपराधों को समाज से, व्यक्ति की विकृतियों से जोड़ कर देखा जाने लगा।

एक ज़माना था - एक छोटा-सा अर्सा - जब हिन्दी-उर्दू में जासूसी साहित्य का बोल-बाला था। इलाहाबाद के 'देश सेवा प्रेस' से 'भयंकर भेदिया' और 'भयंकर जासूस' जैसी मासिक जासूसी पत्रिकाएँ प्रकाशित होती थीं जिनके सम्पादक के तौर पर 'सुराग़रसाँ' का नाम छपता था। उसी दौर में एम.एल.पाण्डे के जासूसी उपन्यासों की धूम थी। और कहना न होगा कि जासूसी उपन्यासों के इस फलते-फूलते संसार के सम्राट थे जनाब असरार अहमद जिनके उपन्यास 'जासूसी दुनिया' मासिक पत्रिका के हर अंक में इब्ने सफ़ी के नाम से प्रकाशित होते थे। दोआबे की मिलवाँ ज़बान, गठे हुए कथानक, अन्त तक सनसनी बनाये रखने की क्षमता और उनके जासूस इन्स्पेक्टर फ़रीदी द्वारा थोड़े-बहुत शारीरिक उद्यम के बावजूद दिमाग़ी कसरत से ही 'अपराधी कौन ?' का जवाब ढूँढने की कूवत ने इब्ने सफ़ी को निर्विवाद रूप से एक लम्बे समय तक जासूसी उपन्यास के प्रेमियों का

चहेता बना रखा था जिनमें इन पंक्तियों का लेखक भी शामिल है।

फिर इब्ने सफ़ी का यह कमाल था और इसे मैं उनकी उर्दू पृष्ठभूमि ही की देन कहना चाहूँगा कि वे अपने जासूसी उपन्यासों में बड़े चुटीले हास्य-भरे प्रसंग भी बीच-बीच में गूँथ देते। यानी उनके किरदार किसी दूसरी दुनिया के अपराजेय नायक नहीं थे, बल्कि हाड़-माँस के इन्सान थे। कभी-कभार अपराधियों से ग़च्चा भी खा जाते थे। कभी-कभार एक-दूसरे से मज़ाक़ भी कर लेते थे।

'कुएँ का राज़' इब्ने सफ़ी के उन शुरुआती उपन्यासों में से है जिसमें वे कई तरह की हिकमतें आज़मा-आज़मा कर देख रहे थे। इसमें रहस्य भी है और सनसनी भी, पेचीदगी भी है और हँसी-मज़ाक़ भी और हल्का सा इश्क़ भी। क़िस्सा तब शुरू होता है जब नवाब रशीदुज़्ज़माँ की कोठी में बने पुराने कुएँ से अचानक अंगारों की बौछार होने लगती है, घर की दीवारों से जंगली आवाज़ें आने लगती हैं और पालतू जानवर एक-एक करके मरने लगते हैं। दहशत में भर कर कोठी के लोग ऐसी हरकतें करते हैं कि ग़ज़ाला, जिसे य़कीन है कि यह कोई भूत-नाच नहीं, इन्सानी साज़िश है, फ़रीदी को बुला लाती है। फिर क्या होता है ? किसका पर्दाफ़ाश होता है ? यही 'कुएँ का राज़' की अचरज-भरी कहानी है।

–नीलाभ

कुएँ का राज़

अंगारों की बारिश

गर्मी के मौसम की एक सुहानी रात के लगभग ग्यारह बजे थे। नवाब रशीदुज़्ज़माँ ने अपने नये मेहमान के साथ ही बाग़ में खाना खाया और खाना खाने के बाद से अब तक बैठे उसके सफ़र की दास्तानें सुन रहे थे। उनका मेहमान तारिक़ अधेड़ उम्र का एक तन्दुरुस्त आदमी था। उसने सफ़ेद पतलून और आधी आस्तीनों की सफ़ेद कमीज़ पहन रखी थी। गठे हुए बाज़ुओं की उभरी हुई मछलियाँ चीख़-चीख़ कर ऐलान कर रही थीं कि वह एक मेहनती आदमी है। गोरे लाल चेहरे पर घनी और ऊपर को चढ़ी हुई मूँछें उसकी शख़्सियत को रोबदार बना रही थीं। आँखें छोटी और चमकदार थीं। नवाब साहब के यहाँ के बहुत सारे लोगों ने अन्दाज़ा लगा लिया था कि उससे आँखें मिला कर बात करना आसान काम नहीं। वह ख़ुद ज़्यादातर अपनी नज़रें नीची ही रखता था। वह सैलानी था और उसकी घुमक्कड़ी की वजह हमेशा एक राज़ ही रही थी। वह नवाब साहब का जिगरी दोस्त था, लेकिन उन्हें भी उसके सैलानीपन की वजह मालूम न हो सकी थी। इस बारे में जब भी कोई बात आती तो वह हमेशा बात काट कर कोई और बात छेड़ दिया करता था। कुछ लोगों का ख़याल था कि वह

पुराने ख़ज़ानों की तलाश में इधर-उधर मारा-मारा फिरता है। वह अच्छे-ख़ासे दौलतमन्द आदमी की तरह ज़िन्दगी बसर करता था, लेकिन उसकी आमदनी का ज़रिया किसी को मालूम न था।

नवाब साहब से उसकी पहली मुलाक़ात भी अजीबो-ग़रीब ढंग से हुई थी। सात-आठ साल पहले नवाब साहब पूरबी मुल्कों की सैर के लिए लगभग दो साल का प्रोग्राम बना कर निकले थे। ईरान की सरज़मीन उन्हें इतनी पसन्द आयी कि लगभग छै महीने तक उन्होंने वहीं बसेरा डाले रखा। ईरान की दिलकश पहाड़ियाँ, हरी-भरी और ख़ूबसूरत वादियाँ उनके पैरों में बेड़ियाँ बन कर रह गयी थीं। ईरान की ऐतिहासिक इमारतों ने भी उनको बड़ी हद तक अपनी तरफ़ खींचा था।

एक शाम जब वे ईरान के एक पुराने बादशाह के महलों के खँडहरों से वापस आ रहे थे, उन्हें एक जगह पत्थरों के ढेर से एक इन्सानी हाथ निकला हुआ नज़र आया। उन्होंने घबराहट में चारों तरफ़ नज़र दौड़ायी, लेकिन कोई नज़र न आया। वे सोच में पड़ गये कि क्या किया जाये। थोड़ी देर सोचने के बाद उन्होंने पत्थर हटाने शुरू किये। थोड़ी ही देर की मेहनत के बाद उनके सामने एक बेहोश आदमी पड़ा गहरी-गहरी साँसें ले रहा था। क़रीब ही एक पहाड़ी नाला बह रहा था। वे बेहोश आदमी को उठा कर उसके किनारे ले गये। और फिर लगभग आधे घण्टे तक जूझने के बाद उसे होश आ गया। यह तारिक़ था। उसने बताया कि अचानक एक पुरानी दीवार के ढह जाने की वजह से वह दब गया था। वह नवाब साहब को अपने घर ले गया। नवाब साहब को उसकी शख़्सियत में अजीब तरह की कशिश मालूम हुई और वे उसके क़रीब होते गये। नवाब साहब ईरान से तुर्की जाने लगे तो

तारिक़ भी उनके साथ हो लिया। उसके बाद दोनों साथ-साथ सैर करते रहे।

तारिक़ की शख़्सियत बहुत ही अजीबो-ग़रीब थी। वह अरबी नस्ल का था, लेकिन दुनिया की कोई शायद ही ऐसी भाषा हो जो वह न जानता हो। कई भाषाओं पर तो वह इतनी महारत रखता था कि उस भाषा के बोलने वाले उसे अपने देश का ही बाशिन्दा समझ बैठते थे। जब वह नवाब साहब से हिन्दी-उर्दू में बात करने लगता तो वे यही महसूस करते थे कि वह यू.पी. का निवासी हो। दो साल में नवाब साहब उसके बहुत ज़्यादा घुल-मिल गये थे। हिन्दुस्तान आते वक़्त उन्होंने उससे कहा कि वह किसी मौक़े पर हिन्दुस्तान आ कर कुछ दिन नवाब साहब के साथ ज़रूर गुज़ारे।

और इस वक़्त वह उनके बाग़ में बैठा उन्हें अपने सफ़र की दास्तानें सुना रहा था। उसकी गोद में एक नेवला बैठा ऊँघ रहा था। ऐसा अजीबो-ग़रीब नेवला कम-से-कम नवाब साहब और उनके घर वालों की नज़रों से आज तक न गुज़रा था। वह लम्बाई में हिन्दुस्तानी बिल्ली से किसी तरह कम नहीं था। उसका रंग काला था और पीठ पर तीन-चार, लम्बी-लम्बी धारियाँ थीं। नवाब साहब की लड़की ग़ज़ाला बहुत देर से बेचैन नज़र आ रही थी। वह उस नेवले के बारे में उससे कुछ पूछना चाहती थी, लेकिन तारिक़ की बातों का सिलसिला किसी तरह ख़त्म नहीं हो रहा था। थोड़ी देर बाद ग़ज़ाला ने महसूस किया कि जैसे वह बोलते-बोलते थक गया हो, उसे ख़ामोश होते देख वह झट से बोल पड़ी, "मैं इस नेवले के बारे में कुछ जानना चाहती हूँ।"

"हाँ....हाँ....!" तारिक़ मुस्कुरा कर बोला।

"मैंने आज तक इतना ख़ौफ़नाक नेवला नहीं देखा।"

"हाँ, ये कम ही मिलते हैं....और एशिया में तो इनका वजूद ही नहीं। मैंने इसे ब्राज़ील के जंगलों में पकड़ा था। यह उस वक़्त बच्चा था।"

"तो क्या ब्राज़ील में इस क़िस्म के नेवले होते हैं?"

"नहीं, ऐसा तो नहीं....ये वहाँ भी कम ही मिलते हैं।" तारिक़ ने नेवले की पीठ पर हाथ फेरते हुए कहा। "इसमें एक बहुत बड़ी ख़ूबी है।"

"वह क्या....?"

"इसे कोई चीज़ सुँघा कर अगर तुम पाताल में छुपा आओ तो यह उसे ढूँढ निकालेगा।"

"अच्छा, तो फिर हमें यह तमाशा आप कब दिखायेंगे।" ग़ज़ाला ने कहा।

"जब कहो।"

"तो लीजिए, मेरा रूमाल उसे सुँघाइये....मैं उसे कहीं छुपा आऊँ।"

तारिक़ ने हँस कर रूमाल ले लिया और नेवले की नाक पर रख कर फिर ग़ज़ाला ही को वापस कर दिया। ग़ज़ाला कोठी के अन्दर चली गयी। थोड़ी देर बाद वह वापस आयी।

"अच्छी तरह छुपा दिया है न....?" तारिक़ हँस कर बोला।

"ख़ूब अच्छी तरह....!"

तारिक़ ने नेवले को ज़मीन पर उतार दिया और उसकी पीठ पर हाथ फेरता हुआ बोला। "जा रिशी।"

नेवला दौड़ता हुआ कोठी की तरफ़ चला गया। सब लोग

हैरान हो कर कोठी की तरफ़ देख रहे थे। कुछ मिनटों के बाद वह लौटा। उसके मुँह में ग़ज़ाला का रूमाल था।

"अरे....!" सबके मुँह से एक साथ निकला। तारिक़ हँसने लगा। ग़ज़ाला की आँखें हैरत से फटी हुई थीं।

"मैं इस रूमाल को अपनी किताबों की अलमारी में बन्द करके ताला लगा आयी थी।" वह हैरत से बोली।

"ताला इसके लिए कोई हैसियत नहीं रखता।" तारिक़ ने कहा। "लेकिन इसने तुम्हारी ख़ूबसूरत अलमारी बर्बाद कर दी होगी।"

"वह कैसे?"

"उसमें कम-से-कम इतना बड़ा छेद ज़रूर हो गया होगा जिसमें से यह आसानी से जा सके।"

"इतनी जल्दी इतना बड़ा छेद कर देना नामुमकिन मालूम होता है।" नवाब साहब बोले।

"अलमारी के तख़्ते ज़्यादा-से-ज़्यादा एक-डेढ़ इंच मोटे होंगे।" तारिक़ बोला। "यह तो अच्छे-ख़ासे शहतीर मिनटों में काट कर रख देता है।"

"आपकी हर चीज़ अजीबो-ग़रीब है।" ग़ज़ाला ने हैरत से कहा।

तारिक़ मुस्कुरा कर ख़ामोश हो गया।.

वे लोग बातचीत कर ही रहे थे कि सारे बाग़ में उजाला हो गया। ग़ज़ाला ने पलट कर देखा और चीख़ मार कर उछल पड़ी।

पुराने अन्धे कुएँ से अंगारों का फ़ौवारा फूट पड़ा था। शोले काफ़ी ऊँचाई तक उठ रहे थे। एक अजीब क़िस्म की झन्नाटेदार

आवाज़ से सारा बाग़ गूँज रहा था।

"यह क्या था।" तारिक़ जल्दी से बोला और उसके नेवले ने भी इतनी भयानक चीख़ मारी कि सबके जिस्म काँप गये। वे सब-के-सब पत्थर के बुतों की तरह ख़ामोश थे।

धीरे-धीरे अंगारों की बौछार कम होती गयी और थोड़ी देर के बाद बाग़ का माहौल फिर पहले जैसा हो गया।

"यह क्या तमाशा था?" तारिक़ ने ख़ामोशी तोड़ी।

ग़ज़ाला शक की नज़रों से उसकी तरफ़ देखने लगी।

"मैं ख़ुद यही सोच रहा हूँ।" नवाब साहब मरी हुई आवाज़ में बोले। "मालूम होता है कि हम पर कोई मुसीबत आने वाली है।"

"क्या मतलब....?" तारिक़ चौंक कर बोला।

"मैंने वालिद साहब मरहूम की ज़बानी सुना था कि एक बार दादा के ज़माने में भी इस कुएँ से अंगारे निकले थे और फिर ख़ानदान में एक के बाद एक मौतों का सिलसिला शुरू हो गया था।"

"अजीब बात है।" तारिक़ उठते हुए बोला। "मैं जा कर देखता हूँ।"

"नहीं, नहीं।" नवाब साहब ने उठ कर उसे रोकते हुए कहा। "उधर मत जाओ।"

"क्यों....?"

"मालूम नहीं क्या हो।"

तारिक़ हँस कर आगे बढ़ गया। उसका नेवला एक पालतू कुत्ते की तरह उसके पीछे-पीछे चल रहा था।

"ज़रा एक टॉर्च तो मँगाओ।" उसने कुएँ में झाँकते हुए कहा।

"भई, मैं कहता हूँ लौट आओ।" नवाब साहब चीख़े।

"टॉर्च।" तारिक़ चीख़ा....उसकी आवाज़ में कँपकँपाहट थी।

नवाब साहब ने एक नौकर से टॉर्च मँगवायी।

"रशीदुज़्ज़माँ....यहाँ आओ।" तारिक़ टॉर्च की रोशनी कुएँ में डालते हुए बोला।

रशीदुज़्ज़माँ दिल मज़बूत करके आगे बढ़े। ग़ज़ाला ने भी उनके साथ जाना चाहा लेकिन उन्होंने उसे रोक दिया।

"वह देखो....क्या है।" तारिक़ ने उन्हें कुएँ में झाँकने का इशारा करते हुए कहा।

रशीदुज़्ज़माँ चीख़ मार कर पीछे हट गये। उनके जिस्म से ठण्डा-ठण्डा पसीना छूट रहा था।

क्या है अब्बा जान?" ग़ज़ाला उनकी तरफ़ बढ़ती हुई बोली।

"जाओ, जाओ....!" नवाब रशीदुज़्ज़माँ पलट कर चीख़े। "तुम अन्दर जाओ...जाओ....चली जाओ।"

ख़ौफ़नाक आवाज़

नवाब साहब की हालत इतनी डरावनी थी कि ग़ज़ाला एकदम से कोठी की तरफ़ मुड़ गयी।

"अब क्या किया जाये?" तारिक़ बेचैनी से हाथ मलते हुआ बोला।

"मेरे तो होश ठिकाने नहीं।" नवाब साहब कुएँ की जगह के क़रीब ही ज़मीन पर बैठते हुए बोले।

"आख़िर मामला क्या है?"

"ख़ुदा ही बेहतर जानता है।"

"तो क्या आपकी याददाश्त में इस कुएँ से कभी चिनगारियाँ नहीं निकलीं?"

"नहीं....!" नवाब साहब बोले। "यह वालिद साहब के बचपन की बात है।"

"तो आपने अपनी ज़िन्दगी में यह पहली बार देखा है।"

"हाँ....!" नवाब साहब की आवाज़ काँप रही थी। वे इस वक़्त किसी क़िस्म के सवाल का जवाब देने के मूड में नहीं थे।

तभी कोठी के अन्दर एक अजीबो-ग़रीब क़िस्म के शोर की आवाज़ सुनाई दी।

"अरे, यह क्या....!" तारिक़ चौंक कर बोला।

नवाब साहब भी हैरान हो कर कोठी की तरफ़ देख रहे थे। शोर बढ़ता ही जा रहा था। ऐसा मालूम हो रहा था जैसे कई गीदड़, कुत्ते, उल्लू और न मालूम कौन-कौन-से जानवर एक साथ चीख़ रहे थे, साथ-ही-साथ आदमियों का शोर भी सुनाई दे रहा था। दोनों दौड़ कर कोठी की तरफ़ लपके। अन्दर क़दम रखते ही उन्हें ऐसा महसूस होने लगा जैसे वे आवाज़ें दीवारों से निकल रही हों। इतना ज़ोरदार शोर था कि कुछ और सुनाई नहीं दे रहा था। कोठी के सारे लोग कमरों में बन्द हो कर तरह-तरह की डरावनी आवाज़ें निकाल रहे थे।

"ये इतने जानवर यहाँ कैसे घुस आये?" तारिक़ ने कहा। उसका नेवला उछल कर उसके सीने से लिपट गया था।

नवाब साहब इस तरह काँप रहे थे जैसे उन्हें कोई बीमारी हो गयी हो।

"नन....न....जज....जाने....क्क्या बात है।" नवाब साहब हकलाते हुए बोले।

तारिक़ एक-एक कोना तलाश करता फिर रहा था। लेकिन चीख़ने वाले जानवरों का कहीं पता नहीं चल रहा था।

तभी नवाब साहब का सौतेला भाई उछलता-कूदता हुआ आ गया। वह उन आवाज़ों को सुन-सुन कर डरावनी हँसी हँस रहा था। उसकी उम्र चालीस साल से किसी तरह कम न रही होगी, लेकिन उसने अपनी हालत बच्चों जैसी बना रखी थी। उसके हाथ में दूध पीने की शीशी थी। जब वह उछल-कूद कर थक जाता तो शीशी का दूध चूसने लगता। उसके गले में एक कपड़ा बँधा हुआ था; बिलकुल वैसा ही जैसा कुछ माँएँ अपने

बच्चों के गले में इसलिए बाँध देती हैं ताकि उनके कपड़े मुँह से बहने वाली लार से बच सकें।

"भाई साहब, टमाशा हो लहा है।" वह तालियाँ बजाता हुआ तुतला-तुतला कर बोला।

"चुप रहो....!" नवाब साहब चीख़ कर बोले। "भाग जाओ यहाँ से।"

वह फिर दूध पीते बच्चे की तरह सहम कर घुटनों के बल चलता हुआ एक कमरे में घुस गया।

धीरे-धीरे शोर कम होता जा रहा था। थोड़ी देर के बाद बिलकुल सन्नाटा छा गया। तारिक़ और नवाब साहब हैरत से एक-दूसरे का मुँह देख रहे थे। हालाँकि वह सन्दिग्ध शोर अब ख़त्म हो चुका था, तो भी कमरों में छिपे हुए लोगों में इतनी हिम्मत नहीं थी कि बाहर निकल आते।

"क्यों भाई तारिक़, तुम्हीं कुछ बताओ, यह सब क्या हो रहा है।" नवाब साहब बोले।

"तो क्या शोर भी पहले-पहल....?"

"हाँ-हाँ।" नवाब साहब ने बात काटते हुए कहा। "बिलकुल पहले-पहल। किसी ख़ानदानी रिवायत से भी पता नहीं चलता कि इससे पहले भी कभी इस क़िस्म का हादसा पेश आया हो।"

"तब तो वाक़ई हैरत की बात है।"

"मगर अब करना क्या चाहिए?" नवाब साहब ने बहुत ही परेशान हो कर कहा।

"कर ही क्या सकते हो।" तारिक़ बोला। "मुझे तो यह भूत-प्रेत का मामला मालूम होता है।"

"मगर वह कुआँ।" नवाब साहब ने दबी आवाज़ में कहा।

"ऐसे मामले में सब कुछ हो सकता है।"

"तो फिर पुलिस इस मामले में क्या कर सकती है।" ग़ज़ाला ने बैठी हुई आवाज़ में कहा। शोर ख़त्म होने के कुछ पलों के बाद वह उन्हीं दोनों के पास आ कर खड़ी हो गयी थी।

"जाओ....जाओ....तुम सो जाओ।" नवाब साहब बोले।

"क्या आज की रात किसी को नींद आ सकती है।" ग़ज़ाला ने कहा।

"क्यों नहीं....क्यों नहीं।" तारिक़ ने इत्मीनान से कहा। "कोई ऐसी ख़ास बात नहीं।"

"अच्छा, तो तुम यहीं ग़ज़ाला के पास ठहरो।" नवाब साहब ने तारिक़ से कहा। "मैं थाने जाता हूँ।"

"नहीं, आप किसी और को भेज दीजिए, मैं आपको नहीं जाने दूँगी।" ग़ज़ाला ने कहा। "आप बेकार थाने जा रहे हैं। पुलिस इस मामले में कुछ न कर सकेगी।"

"तारिक़ है तो तुम्हारे पास....डरने की कोई बात नहीं, मैं अभी फ़ौरन वापस आता हूँ।"

"तो किसी और को भेज दीजिए न।"

"ओह, तुम नहीं समझतीं कि मेरे गये बग़ैर काम नहीं बनेगा।" नवाब साहब ने कहा और बाहर निकल गये।

थोड़ी देर बाद कार स्टार्ट होने की आवाज़ आयी।

"आख़िर आप बताते क्यों नहीं कि अब्बा जान थाने किस लिए गये हैं।" ग़ज़ाला ने तारिक़ से कहा।

"कोई बात नहीं, तुम जा कर सो जाओ।" तारिक़ ने कहा।

"अगर कल भी यही हुआ तो क्या होगा?"

"कुछ नहीं होगा....सब ठीक हो जायेगा। चलो, तुम अपने कमरे में चलो।"

वह ग़ज़ाला का बाज़ू पकड़ कर उसे उसके कमरे की तरफ़ ले जाने लगा।

उसका नेवला अब उसके कन्धे पर बैठा अपनी चमकीली आँखों से चारों तरफ़ देख रहा था।

"अब तुम लेट कर सो जाओ....मैं यहीं बैठा हूँ।" तारिक़ उसे उसके पलँग पर बिठा कर ख़ुद एक कुर्सी पर बैठता हुआ बोला।

"नींद नहीं आयेगी।" ग़ज़ाला ने कहा।

"आयेगी कैसे नहीं....मैं अभी तुम्हें सुलाये देता हूँ।"

ग़ज़ाला ने डरी हुई निगाहों से उसकी तरफ़ देखा।

"डरो नहीं।" तारिक़ हँस कर बोला। "मैं तुम्हें हिपनोटिज़्म के ज़रिये सुला दूँगा।"

"ओह, तो क्या आप हिपनोटाइज़ कर सकते हैं?"

"हाँ....लेट जाओ। हाँ, इस तरह। ठीक। मेरी तरफ़ देखो, मेरी आँखों में देखो, सो जाओ....तुम सोती जा रही हो, तुम्हें नींद आ रही है। तुम्हारी आँखें बन्द हो रही हैं।"

ग़ज़ाला को ऐसा मालूम हो रहा था जैसे तारिक़ की आँखों से बिजली की लहरें निकल कर उसके जिस्म में चली गयी हों। ज़ेहन सुस्त होता जा रहा है....पलकें बोझिल....अँधेरा....और अब उसे ऐसा मालूम हो रहा था जैसे तारिक़ की आवाज़ बहुत दूर से आ रही हो। "तुम्हारी नींद गहरी होती जा रही है। तुम्हारी नींद

गहरी होती जा रही है।" और धीरे-धीरे आवाज़ आनी बन्द हो गयी। चारों तरफ़ अँधेरा-ही-अँधेरा था। वह गहरी नींद सो गयी थी।

तारिक़ थोड़ी देर तक बैठा उसकी तरफ़ देखता रहा, फिर उठ कर बाहर चला गया। उसके माथे की नसें उभरी हुई थीं, आँखों और कनपटियों से ऐसा मालूम हो रहा था कि वह किसी गहरी सोच में है।

कमरों में घुसे हुए लोग इस तरह बातें कर रहे थे कि जैसे वे तहख़ानों में दुबके हुए बमबारी का इन्तज़ार कर रहे हों। तारिक़ फिर बाग़ में आ गया। वह थोड़ी देर तक खड़ा कुछ सोचता रहा, फिर धीरे-धीरे चलता हुआ कुएँ क़रीब गया। उसके हाथ में दबी हुई टॉर्च की रोशनी कुएँ में पड़ रही थी। तभी उसके होंटों पर एक भेद-भरी मुस्कान आयी और वह फिर कोठी की तरफ़ रवाना हो गया।

लगभग आधे घण्टे के बाद नवाब साहब एक सब-इन्स्पेक्टर और दो कॉन्स्टेबलों के साथ वापस लौटे। कुएँ में कई टॉर्चों की रोशनी एक साथ पड़ी और नवाब साहब के मुँह से चीख़ निकल गयी। सब-इन्स्पेक्टर ने सवालिया निगाहों से उनकी तरफ़ देखा।

"तो क्या। सचमुच मैं पागल हो जाऊँगा।" नवाब साहब इस तरह बोले जैसे वह ख्वाब में बड़बड़ा रहे हों।

"आपने तो कहा था।" सब-इन्स्पेक्टर बोला।

"हाँ, मैंने बिलकुल ठीक कहा था।" नवाब साहब बेचारगी के साथ बोले। "और आप जो कुछ देख रहे हैं, वह भी ठीक है।"

सब-इन्स्पेक्टर हँसने लगा और नवाब साहब के चेहरे पर झल्लाहट पैदा हो गयी।

"आपने तो फ़रमाया था औरत की लाश....!" सब-इन्स्पेक्टर ने कहा।

"मैंने ग़लत नहीं कहा था।" नवाब साहब बोले। "सिर्फ़ मैंने ही नहीं, बल्कि मेरे एक मेहमान ने भी देखी थी।"

इतनी देर में दो-तीन नौकर भी आ गये थे, लाश का ज़िक्र सुन कर बुरी तरह काँपने लगे। एक घण्टे के अन्दर-अन्दर उन्हें कई अजीबो-ग़रीब बातों से वास्ता पड़ा था।

"ज़रा तारिक़ साहब को बुलाओ।" नवाब साहब ने एक नौकर की तरफ़ देख कर कहा।

तारिक़ को देख कर सब-इन्स्पेक्टर ने अजीब-सा मुँह बनाया। तारिक़ से ज़्यादा वह उसके काले नेवले को घूर रहा था जो अभी तक तारिक़ के कन्धे पर बैठा हुआ था।

"आपने भी औरत की लाश देखी थी।" नवाब साहब ने तारिक़ की तरफ़ इशारा करते हुए कहा।

"और अब मेरी समझ में नहीं आ रहा कि आपको क्या बयान दूँ।" तारिक़ ने सब-इन्स्पेक्टर से कहा।

"क्यों....?"

"इसलिए कि मैंने नवाब साहब के जाने के बाद एक बार फिर उस कुएँ में झाँका था। इस बार मैंने औरत के बजाय मर्द की लाश देखी।"

"अरे....!" नवाब साहब के मुँह से अचानक निकला।

"जी हाँ।"

"और अब वहाँ कुछ भी नहीं है।" नवाब साहब ने बेताबी से कुएँ की तरफ़ इशारा करते हुए कहा।

"अच्छा....!" तारिक़ ने कहा और कुएँ की तरफ़ बढ़ा। दूसरे ही पल में उसकी टॉर्च की रोशनी कुएँ में पड़ रही थी।

तारिक़ ने एक ज़ोरदार क़हक़हा लगाया और सब लोग हैरत से उसे देखने लगे।

"ग़ज़ाला तुम्हें पहले ही मना कर रही थी।" तारिक़ बोला। "भला भूतिया मामले में पुलिस क्या कर सकती है।"

"क्या इसी कुएँ से चिनगारियाँ भी निकली थीं?" सब-इन्स्पेक्टर ने पूछा।

"हाँ....!"

"तब तो यह खुला हुआ मामला है। हम लोग भला इसमें क्या कर सकेंगे और कुछ आवाज़ का भी तो आपने ज़िक्र किया था।"

"जी हाँ....आवाज़ें कोठी के अन्दर सुनाई दी थीं।" तारिक़ बोला।

"शायद मैं आपसे पहली बार मुलाक़ात कर रहा हूँ।" सब-इन्स्पेक्टर ने उसकी बात पर ध्यान न देते हुए कहा।

"मैं पहली बार यहाँ आया हूँ।"

सब-इन्स्पेक्टर अब तक नेवले को घूर रहा था।

"यह मेरा पालतू नेवला है।"

"बहुत ही अजीबो-ग़रीब है।" सब-इन्स्पेक्टर ने कहा। "अच्छा तो नवाब साहब, अब इजाज़त चाहूँगा।"

"क्या बताऊँ भई, मैंने बेकार ही में आपको तकलीफ़ दी।" नवाब साहब ने हाथ मलते हुए कहा।

"कोई बात नहीं। मैं तो आपका ख़ादिम हूँ। अलबत्ता, इस

बात का ज़रूर अफ़सोस है कि मैं इस मामले में आपकी कोई ख़िदमत न कर सकूँगा।"

पुलिस वाले नवाब साहब की कार से वापस चले गये।

नवाब साहब, तारिक़ और कुछ नौकर अभी तक कुएँ के पास खड़े हुए थे जहाँ नौकरों के सामने लाश के बारे में बातें हुई थीं, इसलिए कुछ ही पलों में यह ख़बर सारी कोठी में फैल गयी।

"भाई तारिक़....मेरा दिमाग़ काम नहीं करता।" नवाब साहब ने कहा।

"मैं ख़ुद हैरान हूँ।" तारिक़ ने कहा। उसकी आँखों की चमक अचानक पहले से ज़्यादा बढ़ गयी।

"एक बार मैं भी मिस्त्र में ऐसे ही वाक़यात से दो-चार हुआ हूँ।" तारिक़ फिर बोला।

"अगर वाक़ई यह भुतहा ही मामला है तो इससे किस तरह छुटकारा मिल सकेगा?"

"बहुत ही आसानी से।" तारिक़ बोला। "क्या आपको कोई ऐसा आदमी नहीं मिल सकता, जो ख़राब रूहों को भगाने का काम जानता हो।"

नवाब साहब कुछ सोचने लगे।

"बहुत परेशान हूँ।" नवाब साहब बोले। "भई, बात दरअसल यह है कि मैं इन चीज़ों को नहीं मानता। मगर हादसे ऐसे पेश आये हैं कि कुछ कहते-सुनते नहीं बन पड़ती।"

"नहीं, आपको इन चीज़ों को मानना चाहिए, क्योंकि ख़राब रूहों का वजूद है।" तारिक़ ने अपने नेवले को कन्धे से उतारते हुए कहा।

चालीस साल का बच्चा

उस रात के बाद से नवाब साहब की कोठी में रोज़ नयी वारदातें होने लगीं। लगभग हर रात को कुएँ से चिनगारियाँ निकला करती थीं और जानवरों की भयानक आवाज़ों से कोठी का चप्पा-चप्पा गूँज उठता था। नवाब साहब के सौतेले भाई परवेज़ की हालत उस वक़्त देखते ही बनती थी। जैसे ही जानवरों की आवाज़ें सुनाई देतीं, वह उछल-कूद मचा देता। बिलकुल ऐसा मालूम होता कि वह भी उन चीख़ने वाले जानवरों में से एक है। तारिक़ का ख़याल था कि परवेज़ पर भी किसी बहुत बड़े जिन्न का साया है। कभी-कभी तो वह यहाँ तक कह देता था कि ख़ुद परवेज़ ही उन सारी मुसीबतों की जड़ है। लेकिन नवाब साहब उस तरफ़ ध्यान ही नहीं देते थे। हालाँकि परवेज़ उनका सौतेला भाई था, लेकिन वे उसे बहुत मानते थे। वाक़ई उन्हीं का दिल-गुर्दा था कि एक पागल आदमी की ज़रूरत का भी बहुत ख़याल रखा जाता था। उन्होंने उसे उसकी मर्ज़ी पर छोड़ दिया था कि वह जिस तरह चाहे ज़िन्दगी बसर करे। उसके लिए तीन पहलवान नौकर रखे गये थे जो उसे गोद में उठाये फिरा करते थे। वह शुरू ही से ऐसा न था, बल्कि आज से आठ साल पहले उसकी यह हालत हो गयी थी। एक बार वह छत से गिर पड़ा....सिर में कुछ ऐसी चोट आयी कि

अच्छा हो जाने पर भी दिमाग़ी सन्तुलन बरक़रार न रह सका। अच्छे हो जाने के बाद काफ़ी दिनों तक कुछ बोला ही नहीं, बस कभी-कभी बच्चे की तरह सिर्फ़ गूँ-गाँ कर लिया करता था। जिस तरह बच्चे धीरे-धीरे बोलना सीखते हैं, उसी तरह वह भी फिर से बोलना सीख रहा था। अब लगभग आठ साल गुज़र जाने के बाद वह इस क़ाबिल हुआ था कि टूटी-फूटी ज़बान में तुतला-तुतला कर दूसरों को अपनी बातें समझा सकता था। नवाब रशीदुज़्ज़माँ ने उसके इलाज में कोई क़सर नहीं उठा रखी थी, लेकिन उसकी दिमाग़ी हालत ठीक न हुई।

पहले हादसे के बाद से ही दिन भर परवेज़ रात की बातें रटता रहता था। वह हर शख़्स का हाथ पकड़ कर बच्चों की तरह उन हादसों को दोहराता। दूसरी रात जब उसने कुएँ से चिनगारियाँ निकलते देखीं, उस वक़्त उसकी वही हालत पैदा हुई जो किसी बच्चे की आतिशबाज़ी देख कर हुआ करती है और फिर तो वह उन तमाशों के इन्तज़ार में काफ़ी रात गये तक जागता रहता था। उसके बारे में एक ख़ास बात और थी; और वह यह कि वह तारिक़ और उसके नेवले से बुरी तरह नाराज़ रहता था। तारिक़ के सामने वह उसी तरह दम साध लेता था जैसे कोई नटखट बच्चा किसी बहुत ही ग़ुस्से वाले बूढ़े के सामने भीगी बिल्ली बन जाता है। उसके इस रवैये को बहुत ही ताज्जुब की नज़र से देखा जाता था। सिर्फ़ इसी बात पर घर के बहुत से नौकरों का ख़याल था कि तारिक़ ही इन सब मुसीबतों के लिए ज़िम्मेदार है, क्योंकि उसके अपने ख़याल के मुताबिक पागल और दूध पीते बच्चों को भूत-प्रेत दिखायी देते हैं और यह एक खुली हुई हक़ीक़त थी कि उन हादसों का होना उसी दिन से होना शुरू हुआ था, जिस दिन से

तारिक़ ने कोठी में क़दम रखा था। वे तारिक़ को बहुत ही ख़राब क़िस्म का जादूगर समझने लगे थे, जिसके क़ब्ज़े में ख़राब रूहें थीं। वे सब-के-सब तारिक़ से बुरी तरह नाराज़ थे और उससे नफ़रत करने लगे थे, लेकिन कोई भी खुल कर अपनी नफ़रत का इज़हार नहीं कर पाता था क्योंकि वह नवाब साहब का ख़ास मेहमान था। किसी की भी इतनी हिम्मत नहीं थी कि वह एक शब्द भी मुँह से निकालता। कोठी में होने वाले वाक़यात के बारे में आस-पास में काफ़ी दूर तक फैल गयी थी और नवाब साहब का मेहमान भी लोगों के ख़ास चरचे में आ गया था।

बहुत सारे लोगों ने नवाब साहब को राय दी कि वे फ़िलहाल कोठी छोड़ कर कहीं और चले जायें, लेकिन उन्होंने इनकार कर दिया। उनकी मजबूरी की वजह से दूसरे लोग भी अभी तक जमे हुए थे। लेकिन दूसरों का समझाना ज़्यादा दिनों तक क़ायम न रह सका। हुआ यह कि अचानक एक दिन अस्तबल में नवाब साहब का क़ीमती घोड़ा मुर्दा पाया गया। दूसरे दिन एक अच्छी नस्ल का कुत्ता, तीसरे दिन एक गाय मर गयी और फिर तो इसका सिलसिला शुरू हो गया। लगभग रोज़ किसी-न-किसी पालतू जानवर की लाश मिलती। इन हादसों के बाद कई नौकर चुपचाप वहाँ से खिसक गये। उन्हें शायद यह डर था कि कहीं जानवरों के बाद आदमियों का नम्बर न आ जाये। हालाँकि नवाब साहब अब तक नहीं यक़ीन कर सके, लेकिन अब उन्हें भी क़रीब-क़रीब यक़ीन हो गया था कि यह ज़रूर कोई रूहानी मामला है। कुएँ के अन्दर पायी जाने वाली लाश के बारे में उन्होंने बाद में यह सोच कर तसल्ली कर ली थी कि शायद वह नज़र का धोखा हो, लेकिन जानवरों की लगातार मौतें किसी तरह नज़र-अन्दाज़ न की जा

सकीं। उसी दौरान बहुत सारे मौलवियों और साधु-महात्माओं की ख़िदमत ली गयी कि वे किसी तरह कोठी पर क़ब्ज़ा कर लेने वाली ख़राब रूहों को भगायें, लेकिन उनमें से कोई कामयाब न हो सका।

तारिक़ अभी तक उनका मेहमान था। उसकी रहस्य-भरी शख़्सियत की बिना पर नवाब साहब को भी उस पर कुछ-कुछ शक होने लगा था, लेकिन वे उससे कुछ कह न सकते थे। उनकी दिली ख़्वाहिश थी कि वह किसी तरह चला जाये जब तक कि नवाब साहब इन मुसीबतों से छुटकारा न हासिल कर लें। नवाब साहब ने दो-एक बार दबी ज़बान में यह कहा भी था कि सिर्फ़ उनकी वजह से वह तकलीफ़ न उठाये, लेकिन तारिक़ पर इसका कोई असर न हुआ।

शुरू में ग़ज़ाला का भी यही ख़याल था कि यह कोई रूहानी मामला है, लेकिन मौलवियों और साधुओं के थक-हार जाने के बाद उसे यक़ीन हो गया था कि यह इन्सानी साज़िश के अलावा और कुछ नहीं। उसने नवाब साहब से भी इसका ज़िक्र किया और बहुत देर तक अपने अन्दाज़े पर बहस करती रही, लेकिन नवाब साहब ने उसकी बातें हँसी में उड़ा दीं।

"आख़िर ये चीज़ें इन्सानी साज़िश का नतीजा कैसे हो सकती हैं?" नवाब साहब बोले।

"ऐसे बहुत सारे वाक़यात देखने में आये हैं जिन्हें बेकार समझा गया, लेकिन बाद को उनमें इन्सानी हाथ नज़र आया।"

"वे और वाक़यात होंगे....भला कोई इन्सान दर-ओ-दीवार से जानवरों की आवाज़ें किस तरह पैदा कर सकता है?"

"फ़िलहाल मैं इसका कोई ठीक-ठाक जवाब नहीं दे सकती,

लेकिन मेरा दावा है कि इसमें किसी आदमी का हाथ है।"

"क्या तुम्हारा इशारा तारिक़ की तरफ़ है?" नवाब साहब बोले।

"मेरा इशारा उसकी तरफ़ नहीं।" ग़ज़ाला ने कहा। "लेकिन क्या यह नहीं हो सकता कि वही इन सारी मुसीबतों का ज़िम्मेदार हो। हमें तो यह तक नहीं मालूम कि वह रहने वाला कहाँ का है, उसकी कमाई–धमाई क्या है और आप यह भी जानते हैं कि वह कई अजीबो–ग़रीब हरकतें करता है। मैंने उसकी हिपनोटिज़्म वाली बात आपसे बतायी थी।"

"किसी के बारे में बेकार ख़याल रखना ठीक नहीं।" नवाब साहब बोले।

"आप बेकार की बातें कह रहे हैं।" ग़ज़ाला बोली। "मुझे सौ फ़ीसदी यक़ीन है।"

नवाब साहब ख़ामोश हो गये।

"मैं सोच रही हूँ, क्यों न इस मामले में फ़रीदी साहब की मदद ली जाये।"

नवाब साहब के मुर्झाये हुए चेहरे पर अचानक रौनक़ आ गयी। लेकिन फिर फ़ौरन ही उस पर नाउम्मीदी की धूल की तहें चढ़ गयीं।

"भला फ़रीदी इस मामले में क्या कर सकेगा?" नवाब साहब ने कहा। "बिला वजह उसे बुलाने से क्या फ़ायदा।"

"अगर वे कुछ न भी कर सके तो भी कम–से–कम कोई अच्छी राय ही दे सकेंगे।"

"मगर वे आयेंगे ही क्यों?"

"आयेंगे क्यों नहीं....मैंने सुना है कि आजकल वे और उनका असिस्टेंट तीन महीने की छुट्टी पर हैं। मेरा ख़याल है कि अगर मैं उनसे कहूँगी तो वे इनकार नहीं करेंगे।"

"ख़ैर, कोशिश करो; अगर आ जाये तो अच्छा ही है। लेकिन मैं यही कहूँगा कि वह इस मामले में कोई मदद न कर सकेगा।"

"ख़ैर, अगर कुछ न हो सका तो कम-से-कम इतना ही हो जायेगा कि अगर इसमें किसी आदमी का हाथ है तो वह कुछ दिनों के लिए अपनी हरकतें शायद छोड़ ही दे।"

"आदमी का हाथ।" नवाब साहब तंग आ कर बोले। "भला कोई आदमी दीवारों से जानवरों की आवाज़ें कैसे निकाल सकता है....और फिर यह कि आये दिन जानवरों की मौत आख़िर क्या वजह हो सकती है।"

"कुछ भी हो, लेकिन मुझे सौ फ़ीसदी उम्मीद है कि फ़रीदी साहब इस मामले पर कुछ-न-कुछ रोशनी ज़रूर डालेंगे।"

नवाब साहब ख़ामोश हो गये।

अँधेरी रात अपने काले पंख फैलाये धीरे-धीरे पश्चिम से पूरब की तरफ़ तैर रही थी। लगभग दो बज गये थे। आज भी पहले की तरह जैसी कुएँ से चिनगारियाँ निकली थीं और जानवरों की आवाज़ें भी सुनाई दी थीं, लेकिन कोठी के लोग कुछ इस तरह इन चीज़ों के आदी हो गये थे जैसे यह उनके लिए कोई अनोखी बात ही न हो, वैसे उनके दिलों को एक खटका लगा हुआ था कि देखें सुबह किसी जानवर की लाश से वास्ता पड़ता है या आदमी की लाश से।

नवाब साहब ग़ज़ाला के कमरे से उठ कर अपने कमरे में चले गये। ग़ज़ाला ने सोने की कोशिश की, लेकिन नींद न आयी। आख़िर वह थक-हार कर खिड़की के क़रीब आ कर बैठ गयी। उसके कमरे में नीले रंग का बल्ब जल रहा था। कमरे की ख़ामोश फ़िज़ा में नीले रंग की बोझिल रोशनी कुछ अजीब-सी मालूम हो रही थी। ग़ज़ाला जिस खिड़की के क़रीब बैठी थी उसका रुख़ बाग़ की तरफ़ था। वह बैठे-बैठे अचानक चौंक पड़ी। एक अँधेरा साया धीरे-धीरे कुएँ की तरफ़ रेंग रहा था। ग़ज़ाला का दिल धड़कने लगा। उसका दिल चाहा कि वह शोर मचा कर घर वालों को जगा दे, लेकिन फिर कुछ सोच कर ख़ामोश हो गयी। वह इन्सानी साया कुएँ के क़रीब जा कर रुक गया। उसने अपने कन्धे से कोई चीज़ उतारी और कुएँ की जगत के नज़दीक जा पहुँचा। फिर वह पास में क़रीब उगे हुए पेड़ के तने से टेक लगा कर बैठ गया। फिर उसने कोई चीज़ कुएँ में फेंकी। अब वह कुएँ में सिर लटकाये कुछ देख रहा था। तभी टॉर्च की रोशनी में वह कुछ देखने लगा। ग़ज़ाला के मुँह से चीख़ निकल जाती, लेकिन उसने बड़ी हिम्मत से काम लिया। टॉर्च की रोशनी में उसे उस सन्दिग्ध आदमी के चेहरे की हल्की-सी झलक दिखायी दी। यह तारिक़ के अलावा और कोई न था। वह शायद पेड़ के टहनियों से रस्सी बाँध कर उसी के सहारे कुएँ में उतरने जा रहा था। ग़ज़ाला बुरी तरह काँप रही थी। उसे ऐसा लग रहा था जैसे उसकी आवाज़ बैठ गयी हो और अब वह कभी न बोल सकेगी। तारिक़ कुएँ में उतर गया। ग़ज़ाला को लग रहा था जैसे उस पर धीरे-धीरे झटका लग रहा हो। उसे तारिक़ की ख़ौफ़नाक आँखें याद आ गयीं और उस वक़्त वह कितनी भयानक हो गयी थीं जब वह उसे हिपनोटिज़्म

से सुलाने की कोशिश कर रहा था। ग़ज़ाला की आँखें बोझिल होने लगीं। एक अजीब तरह की सनसनाहट उसे अपने सारे जिस्म में दौड़ती लग रही थी। जिस्म में हिलने की ताक़त नहीं रह गयी थी। वह वहीं कुर्सी से टेक लगा कर गहरी नींद में सो गयी। न जाने वह कब तक उसी हाल में सोती रही। अचानक शोर की आवाज़ सुन कर वह जाग उठी। सुबह हो गयी थी, लेकिन सूरज अभी तक नहीं निकला था। पूरब में लाली छा गयी थी। शोर की आवाज़ बाग़ की तरफ़ से आ रही थी। उसने खिड़की से देखा। कुएँ के पास लोगों की भीड़ लगी हुई थी। ग़ज़ाला झपट कर बाहर निकली। अभी वह कुछ ही क़दम गयी होगी कि उसने देखा दो नौकर परवेज़ को उठाये हुए कोठी की तरफ़ ला रहे थे। उनके पीछे नवाब साहब और तारिक़ थे।

"क्या हुआ....?" ग़ज़ाला एकदम से बोल उठी।

"न जाने कब से कुएँ के क़रीब बेहोश पड़ा था....!" नवाब साहब घबराहट में बोले।

अचानक ग़ज़ाला को रात की बातें याद आ गयीं। उसने तारिक़ की तरफ़ देखा। वह कुछ कहने वाली थी कि तारिक़ ने अपनी झुकी हुई आँखें ऊपर उठायीं। ग़ज़ाला काँप गयी। तारिक़ से आँखें मिलते ही ऐसा मालूम हुआ जैसे किसी ने उसकी ज़बान पकड़ ली हो। उसके सारे जिस्म में थरथरी-सी पैदा हो गयी। उसकी बदलती हुई हालत का एहसास क़रीब-क़रीब सब को हो गया।

"घबराओ नहीं....अभी यह होश में आ जायेगा। कोई ख़तरे की बात नहीं।" तारिक़ उसके कन्धे पर हाथ रखते हुए बोला।

अचानक उसके जिस्म की थरथरी हट गयी और उसे ऐसा लगा जैसे वह एक पत्थर के बुत की तरह ख़ामोश हो गयी हो। हालाँकि उसे अपने दिल की धड़कन पर भी शक होने लगा कि कहीं अचानक बन्द तो नहीं हो गयी। वह कन्धा जिस पर तारिक़ ने हाथ रखा था, बिलकुल सुन्न हो कर रह गया था।

तारिक़ के कन्धे पर उसका अजीबो-ग़रीब नेवला बैठा अखरोट कुतर रहा था।

परवेज़ को सोफ़े पर लिटा दिया गया। वह गहरी-गहरी साँसें ले रहा था। वह होश में ज़रूर आ गया था, लेकिन ऐसा लग रहा था जैसे उसकी ज़बान बन्द हो गयी हो। फ़ौरन ही एक डाक्टर को बुलाया गया जिसने दिलासा दिया कि घबराने की कोई बात नहीं है। कुछ देर बाद वह बोलने के क़ाबिल हो गया।

"परवेज़ मियाँ....!" नवाब साहब बोले। "तुम कुएँ के पास क्यों गये थे?"

"तितली पकलने....!" परवेज़ तुतला कर बोला। "उसके पल्लू में चाँद-सितारे टँके हुए थे।"

"या अल्लाह! इसके हाल पर रहम कर।" नवाब साहब रूआँसे हो कर बोले।

"मँगा दीजिए भाई जान, गेली तितली।" परवेज़ बच्चों की तरह ठनक कर बोला।

"हाँ-हाँ, मँगा देंगे।" तारिक़ मुस्कुरा कर बोला। "तुम चुपचाप लेटे रहो।"

तारिक़ की आवाज़ सुन कर ग़ज़ाला ने नफ़रत से होंट सिकोड़ लिये। लेकिन उसकी आँखों से नफ़रत की बजाय ख़ौफ़

झाँक रहा था। उसने बहुत कोशिश की कि वह रात का वाक़या बयान कर दे, लेकिन हिम्मत न पड़ी। मालूम नहीं कि वह कौन-सी ताक़त थी जो हर बार उसकी ज़बान रोक देती थी।

अभी तक सब परवेज़ के सोफ़े के पास खड़े थे।

"मेली दूध पीने की छीछी।" परवेज़ अचानक उठ कर बैठते हुए बोला।

"अभी मँगवाये देता हूँ।" नवाब साहब बोले।

परवेज़ की दूध पीने की शीशी कुएँ की जगत के क़रीब टूटी हुई पड़ी थी।

"तुम किस वक़्त वहाँ गये थे।" तारिक़ ने परवेज़ से पूछा।

"जब काली बिल्ली पर ऊँट बैठा पानी पी रहा था।" परवेज़ ने जवाब दिया।

"मालूम होता है, रात इन्हें किसी ख़बीस ने घेर लिया था।" तारिक़ कुछ सोचते हुए बोला।

"ऐ ग़ज़ाला उसे यहाँ से हटा दो।" परवेज़ ने अपनी आँखें बन्द करते हुए ग़ज़ाला से कहा। "नहीं तो यह माल डालेगा।"

ग़ज़ाला के रहे-सहे शक भी परवेज़ के इस जुमले पर साफ़ हो गये और उसे यक़ीन हो गया कि इन शैतानी हरकतों में तारिक़ का हाथ है जिस तरह वह अनजाने में उसके ख़िलाफ़ कुछ नहीं कह सकती। इसी तरह शायद परवेज़ भी डरता है।

उसी दिन शाम को ग़ज़ाला कुछ ऐसे इन्तज़ाम में लग गयी जैसे उसे सफ़र करना है। नवाब साहब के पूछने पर उसने बताया कि वह अपने मामू के यहाँ शहर जा रही है। नवाब साहब ने इत्मीनान की साँस ली। वे पहले ही से चाहते थे कि वह कुछ दिन

के लिए किसी रिश्तेदार के यहाँ चली जाये, उन्होंने उससे कहा भी था, लेकिन वह उस पर तैयार न थी।

ग़ज़ाला शाम के सात बजे की गाड़ी से शहर रवाना हो गयी।

रवानगी

ग़ज़ाला स्टेशन से टैक्सी करके फ़रीदी के घर पहुँची। फ़रीदी घर पर मौजूद नहीं थे। सार्जेंट हमीद रेडियो पर पुराने गाने सुन रहा था। ग़ज़ाला को देख कर उसने रेडियो बन्द कर दिया और घबराहट में उससे बैठने को भी न कहा। आख़िर वह ख़ुद ही एक आराम-कुर्सी पर बैठ गयी।

"क्या फ़रीदी साहब यहाँ नहीं हैं?" ग़ज़ाला ने पूछा।

"कहीं गये हैं।"

"शहर से बाहर?"

"जी नहीं।"

"कब तक लौटेंगे?"

"यह बताना ज़रा मुश्किल है।"

"ख़ैर, मैं उनका इन्तज़ार करूँगी।"

उसके बाद ख़ामोशी छा गयी।

"आपने रेडियो क्यों बन्द कर दिया?" ग़ज़ाला मुस्कुरा कर बोली। "आपको पुराने गानों से बड़ी दिलचस्पी मालूम होती है।"

"हाँ, कुछ यूँ ही-सी।" हमीद ने दोबारा रेडियो की सुई घुमाते हुए कहा।

"क्या फ़रीदी साहब आजकल छुट्टी पर हैं?"

"जी हाँ....!"

"और आप भी?"

"जी....!"

फिर ख़ामोशी छा गयी। थोड़ी देर बाद हमीद उठा।

"तो आप भी कहीं जा रहे हैं?"

"ज़रा चाय के लिए कह दूँ।"

"ओह! तकलीफ़ न कीजिए।"

"तकलीफ़ की कोई बात नहीं।"

हमीद के चले जाने के बाद ग़ज़ाला ने मेज़ पर रखी हुई किताबें उलटनी-पलटनी शुरू कर दीं। वह इस वक़्त फ़रीदी की लाइब्रेरी में बैठी हुई थी। यहाँ चारों तरफ़ किताबों से भरी हुई अलमारियाँ लगी हुई थीं। लाइब्रेरी का कमरा फ़रीदी के अजायबघर के कमरे से मिला हुआ था। दोनों के बीच सिर्फ़ एक दीवार थी। ग़ज़ाला जिस मेज़ की किताबें देख रही थी, वह उसी दीवार से मिली हुई थी। जैसे ही उसने रैक में लगी हुई किताबों से एक किताब उठायी उसे दीवार में एक बड़ा-सा छेद दिखायी दिय। और साथ ही साँप के फुफकारने की आवाज़ आयी। वह घबरा कर चारों तरफ़ देखने लगी। आवाज़ फिर सुनाई दी। अब उसी समझ में आया कि यह आवाज़ दूसरे कमरे से इस छेद से आ रही है। उसने किताबें हटा कर अपनी आँखें छेद से लगा दीं। दूसरे कमरे में एक बहुत ज़्यादा पावर वाला बल्ब जल रहा था। फुफकार

की आवाज़ फिर सुनाई दी और ग़ज़ाला चीख़ मार कर पीछे हट गयी। एक बड़ा-सा साँप ज़मीन पर बिछे हुए कालीन पर रेंग रहा था।

"हमीद साहब, हमीद साहब।" वह ज़ोर से चीख़ने लगी।

"क्या बात है?" हमीद कमरे में दौड़ता हुआ आया।

"वह....वह....कमरे में साँप।" ग़ज़ाला हाँफती हुई बोली।

हमीद हँसने लगा।

"मैं क़सम खा कर कहती हूँ। आप ख़ुद देख लीजिए।" ग़ज़ाला छेद की तरफ़ इशारा करते हुए बोली।

"तो मैं कब कह रहा हूँ कि आप झूठ कह रही हैं।" हमीद मुस्कुरा कर बोला।

ग़ज़ाला उसे हैरत से देखने लगी।

"वहाँ एक नहीं, सैंकड़ों हैं।"

"जी....!" ग़ज़ाला की हैरत और बढ़ गयी।

"जी हाँ, वह फ़रीदी साहब का अजायबघर है। इत्तफ़ाक़ से इस वक़्त इस कमरे की कुंजी उन्हीं के पास है, वरना मैं आपको वहाँ की सैर कराता।"

"क्या उन्होंने साँप भी पाल रखे हैं?"

"जी हाँ, सैंकड़ों की तादाद में।"

ग़ज़ाला ख़ामोश हो गयी। फ़रीदी की शख़्सियत उसे तारिक़ से भी अजीब मालूम होने लगी, जो अपने कन्धे पर नेवला उठाये फिरता है।

"फ़रीदी साहब साढ़े नौ बजे तक वापस आ जायेंगे, क्योंकि यह उन साँपों के दूध पीने का वक़्त होता है।"

"दूध कौन पिलाता है उन्हें?" ग़ज़ाला ने पूछा।

"ख़ुद फ़रीदी साहब।"

ग़ज़ाला उसे फिर फटी-फटी नज़रों से देखने लगी।

"आइए, दूसरे कमरे में चल कर बैठें, जैसे-जैसे उनके खाने का वक़्त क़रीब आता जायेगा, वैसे-वैसे उनकी धमाचौकड़ी बढ़ती जायेगी।" हमीद ने दीवार के छेद को किताबों से ढाँकते हुए कहा।

दोनों लाइब्रेरी से उठ कर ड्रॉइंग-रूम में चले आये।

थोड़ी देर के बाद चाय आ गयी।

"आपने बेकार ही में तकलीफ़ की।" ग़ज़ाला बोली।

"तकलीफ़....!" हमीद मुस्कुरा कर बोला। "आप भी कमाल करती हैं।"

उसने चाय बना कर ग़ज़ाला के आगे बढ़ा दी।

बरामदे में क़दमों की आवाज़ सुनाई दी और फिर सन्नाटा छा गया। हमीद ने पलट कर देखा, उसकी महबूबा शहनाज़ दरवाज़े पर खड़ी ग़ज़ाला को घूर रही थी। हमीद बौखला कर खड़ा हो गया।

"आओ....आओ।"

शहनाज़ आ कर बैठ गयी।

"चाय....!" हमीद ने उसकी तरफ़ प्याली बढ़ाते हुए कहा।

"नहीं, मैं पी कर आयी हूँ।" शहनाज़ ने सूखी आवाज़ में कहा।

"आपसे मिलिए, आप ग़ज़ाला ख़ानम हैं। आप शहनाज़ बानो।"

शहनाज़ और ग़ज़ाला ने हाथ मिलाते हुए दो–चार रस्मी जुमले दोहराये और फिर ख़ामोशी से एक–दूसरी को देखने लगीं।

"भई, चाय तो हर वक़्त पी जा सकती है।" हमीद ने शहनाज़ से कहा।

"ज़रूरी नहीं कि मैं भी आपके उसूल पर अमल करूँ....!" शहनाज़ ने ऐसे अन्दाज़ में कहा कि हमीद झेंप गया। अब उसने ख़ामोश रहना ही मुनासिब समझा। उसने महसूस कर लिया कि अगर शहनाज़ ग़ज़ाला को देख कर शक कर रही है तो ऐसी सूरत में उसे छेड़ना यक़ीनन ख़तरनाक बात थी।

"आप फ़रीदी साहब से मिलने आयी हैं।" हमीद ने कहा।

"हूँ....!"

हमीद के इस बेकार जुमले पर ग़ज़ाला समझ गयी कि हमीद शहनाज़ को इत्मीनान दिलाना चाहता है। इसलिए वह ख़ुद भी फ़रीदी के बारे में बात करने लगी।

"मालूम नहीं फ़रीदी साहब कब आयेंगे। उनसे मेरा मिलना ज़रूरी है।" ग़ज़ाला बोली।

शहनाज़ उसे शक की नज़रों से देखने लगी।

अभी यह बात हो ही रही थी कि बरामदे में क़दमों की आहट सुनाई दी और फ़रीदी सीटी बजाता हुआ कमरे में दाख़िल हुआ।

"अरे ग़ज़ाला ख़ानम, ख़ैरियत....!" फ़रीदी ने दरवाज़े पर रुक कर कहा।

सब लोग खड़े हो गये।

"कब आयीं।" फ़रीदी ने ग़ज़ाला से हाथ मिलाते हुए कहा।

"लगभग एक घण्टे से आपका इन्तज़ार कर रही हूँ। स्टेशन से उतर कर सीधी इधर ही आयी हूँ।"

"और हमीद साहब आपको सिर्फ़ चाय पर टाल रहे हैं। बैठिए, बैठिए।"

फिर हमीद की तरफ़ मुड़ कर बोला। "अरे भई, खाने के लिए कहो।"

"नहीं-नहीं, मैं खाना नहीं खाऊँगी। अभी मुझे अपने एक रिश्तेदार के यहाँ जाना है।"

"रिश्तेदार तो मैं भी हूँ। क्या नवाब साहब ने आपको नहीं बताया।" फ़रीदी ने कहा।

"बताया था....लेकिन....!"

"लेकिन-वेकिन कुछ नहीं....!" फ़रीदी ने फिर हमीद की तरफ़ देख कर कहा। "हमीद....“

"ख़ैर, खा लूँगी....लेकिन पहले वह काम होना चाहिए जिसके लिए मैं आयी हूँ।"

"क्या बात है, कोई ख़ास परेशानी....!"

"जी हाँ।"

"बयान कीजिए।"

"मैं....हाँ....जी....अभी आप कहीं से थके हुए आ रहे हैं....ज़रा आराम कर लीजिए।"

फ़रीदी समझ गया कि वह शहनाज़ की मौजूदगी में कुछ कहते हुए हिचकिचा रही है।

"आइए, मैं आपको अपना घर दिखाऊँ....!" फ़रीदी ने उठते हुए कहा।

ग़ज़ाला भी खड़ी हो गयी।

"उन्हें अजायबघर ज़रूर दिखाइयेगा....अभी आपकी लाइब्रेरी से एक साँप देख कर डर गयी थीं।" हमीद ने कहा।

"अच्छा....!" फ़रीदी ने कहा। "ख़ैर, आइए।"

दोनों ड्रॉइंग-रूम से चले गये।

"तुम कुछ नाराज़ मालूम होती हो।" हमीद ने शहनाज़ से कहा।

"नहीं तो....!"

"फिर चाय क्यों नहीं पी?"

"वाह, यह अच्छी रही।"

"यक़ीनन चाय अच्छी है। तुम पी कर तो देखो।"

"छोड़िए....आप तो बेकार में जुमलों को तोड़ने-मरोड़ने लगते हैं।" शहनाज़ ने तंग आ कर कहा।

"लेकिन आज तक किसी जुमले ने मुझसे इसकी शिकायत नहीं की।

"बस, अब चल पड़ा चरखा....!" शहनाज़ मुँह बना कर बोली।

हमीद हँसने लगा।

"अच्छा, यह बताइए कि आप वादा करने के बावजूद भी कल क्यों नहीं आये।" शहनाज़ ने कहा।

"यह फ़रीदी साहब से पूछो, उनके चक्कर में पड़ने के बाद उससे निकलना मुश्किल होता है।"

"आजकल कौन-सा चक्कर....छुट्टी पर हैं न....!"

"जिस पर हर वक़्त काम करने का भूत सवार रहता हो,

उसके लिए कैसी छुट्टी। ग़ज़ाला का इस वक़्त आना मुझे परेशान कर रहा है।"

"क्यों....?"

"कोई ग़ैरमामूली बात।"

"तो आपको किस बात की परेशानी है।"

"परेशानी यूँ है कि कहीं यह छुट्टियों का ज़माना यूँ ही बर्बाद न हो जाये। अगर वह किसी मामले में फ़रीदी साहब से मदद लेने आयी है तो फिर छुट्टियों का अल्लाह ही मालिक है।"

"यह ग़ज़ाला कौन है?"

"दाराब नगर के जागीरदार नवाब रशीदुज़्ज़माँ की लड़की।"

फिर ख़ामोशी छा गयी।

"दरअसल मैं यह कहने आयी हूँ कि परसों मेरी बर्थडे है।"

"तो क्या खिलाओगी मुझे।"

"लेमन ड्रॉप्स....!" शहनाज़ ने कहा और हँसने लगी।

"नहीं, हम तो....!" वह शहनाज़ के गाल की तरफ़ इशारा करके बोला।

"आप शैतान हैं।" शहनाज़ ने धीरे से कहा और शरमा कर सिर झुका लिया।

"अच्छा जी, हम शैतान है।"

"शहनाज़ ने सिर हिला दिया।" उसके होंटों पर शर्मीली मुस्कुराहट फैल रही थी।

"जाओ, नहीं बोलते।" हमीद ने रूठ जाने की ऐक्टिंग की।

“इसके अलावा और कुछ भी आता है आपको।” शहनाज़ बोली।

“गाना आता है....बजाना आता है....मगर शर्त यह है हाथ मेरे सिर दूसरे का हो। तैरना आता है, घुड़सवारी का माहिर हूँ। बचपन में ख़ुद ही घोड़ा बन जाता था। खाना पका नहीं सकता, लेकिन खाना आता है। वालिद साहब अक्सर कहते हैं कि....!”

“बस, बस....!” शहनाज़ हाथ उठा कर बोली। “फिर चल पड़ा चरखा।”

“अच्छा, उसे जाने दो....” हमीद संजीदा हो कर बोला। “तुम फूलों से ज़्यादा हसीन हो। कमल से ज़्यादा नाज़ुक। तुम्हारी आवाज़ नहीं, शहद की बूँद है। जब तुम मुस्कुराती हो तो कलियाँ खिल जाती हैं, जब चलती हो तो क़यामत अपने गरेबान में मुँह डाल कर खड़ी-की-खड़ी रह जाती है और जब नहीं चलती हो तो क़यामत अपना इरादा बदल कर....ओह वह....बदल कर....क्या करने लगती है....जानती हो....तुम नहीं जानतीं। अच्छा मेरी आँखों में देखो....क्या दिखायी देता है।”

“कलियों की मुस्कुराहट, फूलों का निखार,” शहनाज़ हमीद की आवाज़ की नक़ल करते हुए बोली। “पत्तों की जवानी, बिजली की चमक, बादलों की गरज, वग़ैरह, वग़ैरह।”

“तब तो तुम ज़रूर अपनी आँखों का इलाज कराओ।” हमीद मुस्कुरा कर बोला। “मेरी आँखों में सिर्फ़ दीदे हैं....दीदे....क्या समझीं।”

“अपना सिर!” शहनाज़ झेंप कर बोली।

हमीद कुछ कहने ही वाला था कि एक नौकर ने खाने की

ख़बर दी।

"इन्स्पेक्टर साहब और मेहमान खाने की मेज़ पर आप लोगों का इन्तज़ार कर रहे हैं।"

"मैं तो चली....!" शहनाज़ ने उठते हुए कहा।

"वाह, चाय नहीं पी तो खाना भी न खाओगी।" हमीद ने कहा।

और फिर दोनों खाना खाने के लिए जा पहुँचे।

खाने की मेज़ पर ज़्यादातर ख़ामोशी ही रही। फ़रीदी किसी सोच में डूबा हुआ था। उसे इस हाल में देख कर हमीद का माथा ठनका। फ़रीदी का इस तरह सोच में डूब जाना ख़ास मौक़ों पर ही दिखायी देता था।

खाना खाने के बाद थोड़ी देर तक इधर-उधर की बातें होती रहीं फिर ग़ज़ाला उठते हुए बोली।

"अच्छा, तो मैं चलती हूँ....स्टेशन पर तीन बजे आप लोगों का इन्तज़ार करूँगी।"

"बहुत अच्छा....!" फ़रीदी ने उससे हाथ मिलाते हुए कहा और बैठ गया। वह इस तरह सोच में डूबा हुआ था कि ग़ज़ाला को विदा करने के लिए बरामदे तक भी न गया।

हमीद और शहनाज़ उसे गेट तक पहुँचा कर लौट आये।

"तो क्या आप लोग कहीं जा रहे हैं?" शहनाज़ ने फ़रीदी से पूछा।

"हाँ, एक ज़रूरी काम है।"

"परसों मेरी बर्थडे है....मैं आप लोगों को दावत देने आयी थी।"

"मगर तुमने इस वक़्त दावत दी जब मैंने एक दूसरे से वादा कर लिया। पहले ही क्यों न बता दिया।"

"मौक़ा ही कहाँ मिल सका।" शहनाज़ ने कहा और हमीद की तरफ़ देखने लगी।

"ये भी मेरे साथ जा रहे हैं।" फ़रीदी बोला।

"वापसी कब तक होगी?"

"यह अभी नहीं बता सकता।"

शहनाज़ थोड़ी देर मुँह लटकाये बैठी रही फिर उठ कर बाहर चली गयी।

हमीद को फ़रीदी पर बहुत ग़ुस्सा आ रहा था। वह शहनाज़ के पीछे-पीछे चलने लगा।

"भई, बताओ, अब मैं क्या करूँ।" हमीद ने शहनाज़ से कहा।

शहनाज़ कोई जवाब दिये बिना सड़क पर हो ली और हमीद लौट आया।

"एक बहुत दिलचस्प केस....!" फ़रीदी मुस्कुरा कर बोला।

"मुझे छुट्टियों में इस क़िस्म की दिलचस्पियों से नफ़रत हो जाती है।" हमीद ने मुँह बना कर कहा।

"बको नहीं, तुम्हें मेरे साथ चलना पड़ेगा।" फ़रीदी ने कहा।

"हुक्म पर अमल करूँगा।" हमीद नाख़ुश होते हुए बोला।

"यह बात नहीं प्यारे....चलो, बस मज़ा आ जायेगा।" फ़रीदी उसका कन्धा थपकते हुए बोला।

हमीद ख़ामोश रहा।

"भई, तुम्हारे इश्क़ से तो मैं तंग आ गया हूँ।" फ़रीदी ने कहा।

"ख़ुदा करे कि आपको भी किसी से हो जाये।" हमीद जल कर बोला।

"उसी दिन ख़ुदकुशी कर लूँगा बरख़ुरदार।" फ़रीदी अपने सीने पर हाथ मार कर बोला।

"तो थोड़ी देर के लिए मान लीजिए कि आपको इश्क़ हो गया।"

"उफ़ तो इतना तंग आ गये हो मुझसे।" फ़रीदी ने कहा। "ख़ैर, जा कर अपना सामान ठीक करो। हमें तीन बजे की गाड़ी से दाराब नगर जाना है।"

हमीद ख़ामोशी से अपने कमरे की तरफ़ चला गया और फ़रीदी ने सिगार सुलगा कर टहलना शुरू कर दिया।

◂◂ ● ▸▸

लाइब्रेरी में लाश

ग़ज़ाला स्टेशन पर दोनों का इन्तज़ार कर रही थी। फ़रीदी और हमीद वक़्त पर पहुँच गये। उनका सामान फ़र्स्ट क्लास कम्पार्टमेंट में रख दिया गया।

ट्रेन पर ग़ज़ाला ने फिर वही बात छेड़ दी। हमीद को इस बारे में अभी तक कुछ भी मालूम नहीं था। बस, उसको चूँकि जाना ही पड़ रहा था, इसलिए उसने अपनी नाराज़गी ज़ाहिर करने के लिए फ़रीदी से यह भी नहीं पूछा था कि आख़िर दाराब नगर जाने की वजह क्या है। लेकिन ट्रेन पर जब इसकी बात चलने लगी तो उसकी दिलचस्पी भी बढ़ गयी। उसकी फ़ितरत भी अजीब थी। काम के मौक़ों पर वह हमेशा ऐसी बात करने लगता था जैसे वह बहुत ही निकम्मा और कामचोर आदमी हो, लेकिन हक़ीक़त में ऐसा नहीं था। जब वह किसी काम में लग जाता था तो उसे पूरी-पूरी ज़िम्मेदारी के साथ निभाता था। ख़तरनाक मौक़ों पर देखने में वह एक डरपोक क़िस्म का मज़ाक़िया बन्दा लगता था, लेकिन ख़ुद उसके दिल की गहराइयों में ख़ौफ़ की एक छोटी-सी लहर भी न होती थी।

फ़रीदी उसकी फ़ितरत को अच्छी तरह से जानता था और यह भी कि उससे किस तरह काम लिया जा सकता है।

ग़ज़ाला ने तारिक़ और उसके अजीबो-ग़रीब नेवले का ज़िक्र छेड़ रखा था। मालूम नहीं क्यों, फ़रीदी की मौजूदगी में उसे तारिक़ की ख़ौफ़नाक आँखें नहीं याद आयीं।

"मैंने भी ऐसा नेवला आज तक नहीं देखा।" हमीद ने कहा।

"यक़ीनन वह एक अजूबा चीज़ है। ब्राज़ील के पुराने लोग उसे शाकी कहते हैं और बहुत अदब से उसका नाम लेते हैं, क्योंकि वह उनका एक देवता है। एक खा़स त्योहार के मौक़े पर वे उसकी पूजा करते हैं। यक़ीनन तारिक़ को उसे पाने में बड़ी मुश्किलों का सामना करना पड़ा होगा।" फ़रीदी सिगार का कश ले कर ख़ामोश हो गया।

"मेरा ख़याल है कि आप इस नेवले के बारे में तारिक़ से भी ज़्यादा जानते हैं।" ग़ज़ाला ने कहा।

फ़रीदी ने कोई जवाब न दिया। वह अपने ख़यालों में खोया हुआ था। तभी उसने चौंक कर कहा, "क्या यह वही तारिक़ तो नहीं, जो दुनिया की बहुत-सी भाषाएँ जानता है।"

"हाँ....लेकिन क्या आप उसे जानते हैं?"

फ़रीदी ने कोई जवाब न दिया। उसकी आँखें ट्रेन के बाहर फैले हुए अँधेरे में घूर रही थीं।

हमीद अच्छी तरह जानता था कि फ़रीदी ऐसे मौक़ों पर बात करना पसन्द नहीं करता जब वह किसी गहरी सोच में हो। इसलिए उसने ग़ज़ाला को अपनी बातों में लगा लिया।

वह उससे सारी जानकारी लेता रहा।

फ़रीदी फिर चौंका।

"हमीद, क्या तुम्हें धर्मपुर के जंगलों के भूत याद नहीं।"

"याद हैं, लेकिन यह मामला उससे अलग मालूम होता है।" हमीद ने कहा।

"क्यों....!"

"इसलिए कि हम यह सारे वाक़यात शायद अपनी आँखों से देख सकें। भला दीवारों से जानवरों की आवाज़ों के आने का मतलब है और फिर जानवरों की मौतें। कुएँ से चिनगारियों का निकलना तो ख़ैर, कोई ऐसी बात नहीं।"

"सब कुछ हो सकता है।" फ़रीदी ने धीरे से कहा और बुझा हुआ सिगार सुलगाने लगा।

"जानवरों के बाद अब आदमी का नम्बर आने वाला है।" फ़रीदी ने सिगार का एक लम्बा कश ले कर कहा।

ग़ज़ाला चौंक पड़ी।

"क्या मतलब....!"

"घबराइए नहीं....आप बिलकुल ठीक वक़्त पर मेरे पास पहुँचीं।" फ़रीदी ने कहा। "नवाब साहब पुराने ख़याल के आदमी हैं। उनका ज़ेहन भूतों से आगे नहीं बढ़ सकता। वे क्या जानें कि साइन्सी दौर में एक मामूली आदमी भी इस क़िस्म के चमत्कार दिखा सकता है।"

"ख़ैर, यह तो मैं भी यक़ीन से कह सकती हूँ कि यह साइन्स का करिश्मा है। अलबत्ता, यह ज़रूर यक़ीन रखती हूँ कि इसमें किसी आदमी का हाथ है, जो अपनी ख़तरनाक ताक़तों से काम ले रहा है।"

"शायद आपका इशारा तारिक़ की तरफ़ है।" फ़रीदी ने

उसे घूरते हुए कहा।

ग़ज़ाला ने कोई जवाब न दिया।

इस बातचीत के बाद फिर ख़ामोशी छा गयी और फ़रीदी आसमान की तरफ़ घूरने लगा। कुछ अजीब-सा समाँ था। ठण्डी हवा के झोंके सुबह होने की ख़बर दे रहे थे। हमीद ऊँघने लगा था। ग़ज़ाला की ख़ूबसूरत आँखें भी नींद के दबाव से बोझिल हो रही थीं। सिर्फ़ फ़रीदी के चेहरे पर ताज़गी नज़र आ रही थी जैसे वह रात भर सोते रहने के बाद सूरज निकलने से पहले उठ गया हो। थकान के आसार भी नहीं मालूम होते थे। अलबत्ता, उसकी आँखें गहरे सोच-विचार का पता दे रही थीं।

लगभग छै बजे वे लोग दाराब नगर पहुँच गये। कोठी के गेट में दाख़िल होते ही ग़ज़ाला का दिल बुरी तरह धड़कने लगा। पोर्टिको में दो-तीन कॉन्स्टेबल खड़े थे और कुछ इस क़िस्म की परेशान-सी आवाज़ें सुनाई दे रही थीं जैसे कोई हादसा हो गया हो।

फ़रीदी और हमीद को पीछे छोड़ कर ग़ज़ाला, एकदम से भागी।

वे दोनों टैक्सी पर से सामान उतरवा ही रहे थे कि ग़ज़ाला दौड़ती हुई वापस आयी।

"लाश, लाइब्रेरी में लाश।" वह हाँफती हुई बोली।

"किसकी लाश....!" फ़रीदी ने इत्मीनान से पूछा।

"अब्बा जान के प्राइवेट सेक्रेटरी की।"

"और आख़िर वही हुआ....जिसका खटका था।" फ़रीदी ने सामान वहीं छोड़ कर आगे बढ़ते हुए कहा। ग़ज़ाला उसका

हाथ पकड़े हुए तेज़ कदमों से कोठी की तरफ़ जा रही थी।

कई कमरों से गुज़रते हुए वे लाइब्रेरी के बरामदे में पहुँचे।

यहाँ घर के सारे नौकर इकट्ठा थे और दोनों को आता देख कर इधर-उधर हट गये।

लाइब्रेरी में दो सब-इन्स्पेक्टर, एक हेड कॉन्स्टेबल, तारिक़ और नवाब साहब खड़े थे। खिड़की के क़रीब रखी हुई कुर्सी के पास एक आदमी इस तरह पड़ा था जैसे वह उसी कुर्सी पर बैठे-बैठे ज़मीन पर लुढ़क गया हो। उसका हाथ अभी तक कुर्सी ही पर था।

"अरे, फ़रीदी मियाँ....!" नवाब साहब उसकी तरफ़ बढ़ते हुए बोले। "भई, ठीक वक़्त पर आये।"

"यह वाक़या कब हुआ?"

"मालूम नहीं....लेकिन सुबह मुझे एक नौकर ने आ कर इसकी ख़बर दी।"

"हूँ....!" फ़रीदी ने कुछ सोचते हुए सिर हिलाया।

"मैं क्या बताऊँ कि मैं किन मुसीबतों में फँस गया हूँ।" नवाब साहब ने कहा।

"मुझे ग़ज़ाला साहिबा की ज़बानी सब कुछ मालूम हो चुका है।"

"तो क्या ग़ज़ाला तुम्हारे ही पास गयी थी?" नवाब साहब बोले। "उसने बड़ी अक़्लमन्दी से काम लिया। मेरी तो अक़्ल ही मारी गयी थी।"

"आपकी तारीफ़....!" एक सब-इन्स्पेक्टर ने आगे बढ़ कर पूछा।

"अरे, आप इन्हें नहीं जानते।" नवाब साहब ने हैरत जताते हुए कहा। "ये डिपार्टमेंट ऑफ़ इनवेस्टिगेशन के इन्स्पेक्टर फ़रीदी हैं।"

"ओह....!" सब-इन्स्पेक्टर ने फ़रीदी से हाथ मिलाते हुए कहा। "तब तो फिर हम लोगों की कोई ज़रूरत ही नहीं रह जाती।"

"आप लोग बेकार में मुझे शर्मिन्दा कर रहे हैं।" फ़रीदी ने कहा और लाश की तरफ़ देखने लगा।

"कोई ज़ख़्म नहीं....कोई निशान नहीं। गर्दन भी हमने ग़ौर से देख ली है। समझ में नहीं आता कि मौत कैसे हुई ।" सब-इन्स्पेक्टर ने कहा।

"ज़रा मैं भी देख लूँ।" फ़रीदी ने लाश के क़रीब झुकते हुए कहा, वह बड़ी देर तक अपने आतशी शीशे से लाश का मुआयना करता रहा।

"आप ठीक कहते हैं।" फ़रीदी ने सब-इन्स्पेक्टर की तरफ़ मुड़ते हुए कहा "कोई निशान नहीं, आपने अभी तक किसी डॉक्टर को नहीं बुलवाया।"

"आ ही रहा होगा।" सब-इन्स्पेक्टर बोला।

"क्या यह रात में बाहर बैठा करता था।" फ़रीदी ने नवाब साहब से पूछा।

"नहीं....कल ही मैंने उसे एक किताब तलाश करने के लिए यहाँ भेजा था और इत्मीनान हो गया था कि वह किताब तलाश करके अपने कमरे में आ गया होगा।"

"शायद वह इस कुर्सी पर बैठ कर कुछ पढ़ने लगा होगा।"

फ़रीदी ने कहा।

"और अचानक कोई ख़ौफ़नाक चीज़ देख कर दिल की हरकत बन्द हो गयी।" तारिक़ ने कहा।

फ़रीदी उसे घूरने लगा।

"और वह ख़ौफ़नाक चीज़ क्या हो सकती है....!" फ़रीदी ने ऐसी आवाज़ में कहा कि तारिक़ हड़बड़ा गया।

"अभी आप ही ने फ़रमाया है कि आपको सब हाल मालूम हो चुके हैं।" तारिक़ ने अपने नेवले को कन्धे से उतार कर गोद में लेते हुए कहा।

"यह शाकी आपको कहाँ से मिला।" फ़रीदी ने पूछा।

"ओह....!" तारिक़ ने चौंक कर कहा। "तो आप इसका नाम जानते हैं।"

"इन देवता महाराज को कौन नहीं जानेगा।"

तारिक़ फ़रीदी को हैरत से देखने लगा।

इतने में डॉक्टर आ गया।

"आप मुआयना कर सकते हैं।" फ़रीदी ने कहा। "हम लोग देख-भाल चुके हैं।

डॉक्टर काफ़ी देर तक लाश का मुआयना करता रहा।

"मौत हुए लगभग चार या पाँच घण्टे हो चुके हैं।" डॉक्टर ने सिर उठा कर कहा।

"मौत की वजह....?" फ़रीदी ने पूछा।

"अचानक दिल की हरकत बन्द हो गयी।" डॉक्टर ने कहा।

"देखा आपने....!" तारिक़ बोला।

"क्या इसे दिल की कोई बीमारी थी?" फ़रीदी ने तारिक़ की बात को नज़र-अन्दाज़ करके नवाब साहब से पूछा।

"हाँ....उसे काफ़ी दिनों से दिल की बीमारी थी।"

"तब तो मेरे ख़याल से हमें वापस ही चलना चाहिए।" सब-इन्स्पेक्टर बोला।

"ठहरिए। अभी शक ख़त्म नहीं हुए।" फ़रीदी कुर्सी से उठते हुए बोला।

वह खिड़की के क़रीब खड़ा हो कर कुछ सोचने लगा।

"नवाब साहब....क्या यहाँ रोज़ रात को कोई बैठा करता है।" फ़रीदी ने पूछा।

"मैं ख़ुद रोज़ाना दो-तीन घण्टे यहाँ बैठ कर पढ़ता हूँ।"

"ठीक....!" फ़रीदी ने मेज़ पर पड़ी हुई ट्रे जैसी टोपी उठाते हुए कहा।

"यह शायद इसी की टोपी है।"

"नहीं, मेरी है।"

"आपकी....!" वह खिड़की के बाहर देखते हुए बोला।

"हाँ....इसमें ताज्जुब की कौन-सी बात है।" नवाब साहब हैरत से बोले।

"आप सिर में कौन-सा तेल लगाते हैं।" फ़रीदी ने अचानक पूछा।

"कोई नहीं।" नवाब साहब अपने गंजे सिर पर हाथ फेरते हुए झेंपते हुए बोले।

"माफ़ कीजिएगा....एक बहुत ज़रूरी सवाल था।" फ़रीदी ने मेज़ पर टोपी रखते हुए कहा।

वह बेचैनी से कमरे में टहलने लगा। ऐसा मालूम हो रहा था कि वह कमरे में दूसरों की मौजूदगी भूल गया हो।

हैरत-अंगेज़ ख़ुलासा

फ़रीदी की आँखें दबे हुए जोश का इज़हार कर रही थीं। एक बार रुक कर उसने सिगार सुलगाया और दो-तीन लम्बे-लम्बे कश लेने के बाद फिर टहलने लगा। खिड़की के क़रीब जा कर उसने इधर-उधर देखा और नवाब रशीदुज़्ज़माँ के सामने खड़ा हो कर उन्हें घूरने लगा।

"एक बात समझ में नहीं आती कि वह इतनी देर रात गये किताब क्यों ढूँढता रहा। क्या इसके बारे में आपका कोई सख़्त हुक्म था।"

"बिलकुल नहीं।" नवाब साहब बोले। "मैंने उससे शाम को कहा था कि किसी वक़्त किताब ढूँढ लेना। मैंने उससे यह नहीं कहा था कि वह रात ही को ढूँढ ले।"

"क्या आप कल पहले जैसे यहाँ आये थे।"

"नहीं....जब से हादसे होने लगे हैं, मैंने रात में यहाँ बैठना क़रीब-क़रीब छोड़ दिया है। अगर कभी आता भी हूँ तो दस बजे से पहले-पहले उठ जाता हूँ।"

"कल रात आये थे या नहीं?"

"कल शाम ही से मेरी तबीयत भारी थी....इसलिए मैंने

पढ़ना मुनासिब नहीं समझा।"

"ठीक....!" फ़रीदी ने कहा और टहलने लगा।

"आप बेकार परेशान हो रहे हैं, यह खुला हुआ शैतानी मामला है।" सब-इन्स्पेक्टर ने कहा।

फ़रीदी ने उसे हाथ उठा कर चुप रहने का इशारा किया।

पुलिस वाले मुस्कुरा कर रह गये। सिर्फ़ हमीद और ग़ज़ाला ख़ामोशी के साथ फ़रीदी की बदलती हुई हालत का जायज़ा ले रहे थे। तारिक़ के होंटों पर मुस्कुराहट नाच रही थी।

फ़रीदी खिड़की के पास खड़ा हो कर कुछ देर तक सोचता रहा, फिर नवाब साहब की तरफ़ मुड़ कर बोला।

"आप इसी कुर्सी पर बैठ कर पढ़ते हैं?"

"हाँ....!"

"क़रीब-क़रीब हमेशा?"

नवाब साहब ने सिर हिला दिया। वे फ़रीदी के उल्टे-सीधे सवालों से कुछ उकताये हुए नज़र आ रहे थे।

"एक बात और....क्या आप पढ़ते वक़्त एक बार पानी पीने के आदी हैं?"

"हाँ....!" नवाब साहब हैरत से बोले। "लेकिन तुम्हें यह कैसे मालूम हुआ।"

"अभी बताता हूँ।" फ़रीदी ने एक बार फिर खिड़की के क़रीब जाते हुए कहा।

उसने खिड़की से बाहर सिर निकाल कर इधर-उधर देखा और नवाब साहब के पास लौट आया।

"आपको एक तकलीफ़ देना चाहता हूँ।"

"हाँ-हाँ, कहो।"

"ज़रा दो मिनट के लिए इस कुर्सी पर बैठ जाइए।" फ़रीदी ने उस लाश के क़रीब वाली कुर्सी की तरफ़ इशारा करते हुए कहा।

नवाब साहब हैरत से उसका मुँह तकने लगे।

"उम्मीद है, आप बुरा न मानेंगे। लेकिन यह ज़रूरी है।"

नवाब साहब कुर्सी पर बैठ गये।

"और अब यह टोपी पहन लीजिए।" फ़रीदी ने मेज़ पर पड़ी हुई टोपी की तरफ़ इशारा करते हुए कहा।

सब-इन्स्पेक्टर हँसने लगा। नवाब साहब भी नाराज़ हुए, लेकिन फ़रीदी की कड़ी नज़रों ने तंज़िया अन्दाज़ में मुस्कुराते हुए चेहरों पर एक बार फिर संजीदगी फैला दी।

नवाब साहब ने टोपी पहन ली।

"मैं एक मिनट में आया।" फ़रीदी ने हमीद का हाथ पकड़ कर उसे बाहर ले जाते हुए कहा।

दोनों लाइब्रेरी के पीछे आ कर खड़े हो गये।

"देख रहे हो हमीद।" फ़रीदी ने कहा। "खिड़की से सिर्फ़ नवाब साहब की टोपी दिखायी दे रही है और उनकी पीठ हमारी तरफ़ है और उस खिड़की की ऊँचाई भी तुम देख रहे हो।"

"तो क्या....!" हमीद की आँखों से हैरत की झलकियाँ दिखायी दीं।

"तुम यहीं ठहरो....और उनका ख़याल रखना।" फ़रीदी ने खिड़की के नीचे पड़े हुए एक टूटी हुई सुराही के ठीकरों की तरफ़ इशारा करते हुए कहा।

हमीद उसे हैरत से देखने लगा।

"इन पर नज़र रखना, कोई इन्हें छूने न पाये।" फ़रीदी ने कहा और लाइब्रेरी में चला गया। नवाब साहब उसकी तरफ़ देखने लगे।

"अब उठ जाइए....यहाँ का काम ख़त्म।" फ़रीदी ने कहा।

नवाब साहब उठ गये। हर एक की हैरान निगाहें फ़रीदी के चेहरे पर लगी हुई थीं।

"अब अगर आप लोग एक दिलचस्प तमाशा देखना चाहें तो मेरे साथ आइए।" फ़रीदी हेड कॉन्स्टेबल की तरफ़ मुड़ कर बोला। "दीवान जी, आप यहीं लाश के पास ठहरिए।"

हेड कॉन्स्टेबल के अलावा और सब लोग फ़रीदी के साथ लाइब्रेरी के पीछे आ गये। हमीद अभी तक खड़ा ठीकरों की निगरानी कर रहा था। फ़रीदी ने इधर-उधर देखा। एक कमरे की खिड़की में लटके हुए पीतल के बड़े-से गोले में एक भारी-भरकम तोता बैठा ऊँघ रहा था। उसके एक पैर में सुनहरे रंग की एक ज़ंजीर पड़ी हुई थी। ज़ंजीर से दूसरा सिरा गोले में लटका हुआ था।

"बहुत ख़ूबसूरत तोता है।" फ़रीदी ने तारीफ़ करते हुए कहा।

नवाब साहब उसका मुँह देखने लगे।

"क्या आप इसे यहाँ मँगवा सकते हैं।" फ़रीदी ने नवाब साहब से कहा।

"क्यों नहीं।" नवाब साहब ने कहा। लेकिन उनकी नज़रों में नफ़रत की झलकियाँ दिखायी दे रही थीं। फ़रीदी ने इसे महसूस

किया, लेकिन सिर्फ़ मुस्कुरा कर रह गया।

नवाब साहब के इशारे पर एक नौकर तोते को खिड़की से उतार लाया।

फ़रीदी खिड़की के नीचे पड़े हुए ठीकरों की तरफ़ बढ़ा। एक बड़ा-सा ठीकरा जिसमें थोड़ा-सा पानी था, उठा कर तोते के क़रीब लाया और उसकी चोंच से लगा दिया। तोता पानी पीने लगा। अभी वह पानी पी ही रहा थ कि तारिक़ का नेवला उछल कर फ़रीदी के हाथ पर आ गिरा। ठीकरा उसके हाथ से छूट गया।

फ़रीदी ने मुस्कुरा कर तारिक़ की तरफ़ देखा।

"मुझे अफ़सोस है जनाब।" तारिक़ ने माफ़ी माँगते हुए नेवले को पकड़ लिया।

"खेल वाक़ई बड़ा दिलचस्प है।" नवाब साहब व्यंगात्मक अन्दाज़ में बोले।

"देखते जाइए, असल खेल तो अभी शुरू ही नहीं हुआ।" फ़रीदी ने मुस्कुरा कर जवाब दिया।

"ज़रा एक ख़ाली बोतल मँगवाइए।" फ़रीदी ने नवाब साहब से कहा।

फ़रीदी ने तोते को अपने हाथों में ले लिया। उसकी तेज़ निगाहें तोते का गहरा जायज़ा ले रही थीं।

"हमीद! बाक़ी ठीकरों का पानी एहतियात से इस बोतल में डाल लो।" फ़रीदी ने बोतल नौकर के हाथ से ले कर हमीद की तरफ़ बढ़ाते हुए कहा।

हालाँकि यह मामला बहुतों की समझ में नहीं आ रहा था। लेकिन हर एक की नज़र तोते की तरफ़ लगी हुई थी। अचानक

तोते ने पंख फड़फड़ाने शुरू किये और देखते–ही–देखते लुढ़क कर ज़ंजीर में झूल गया।

"अरे....!" नवाब साहब के मुँह से बेअख़्तियार निकला और उन्होंने झपट कर फ़रीदी के हाथ से ले लिया।

"अरे, यह तो मर गया।" नवाब साहब की आँखें हैरत से फटी हुई थीं।

फ़रीदी उनकी बात सुनी–अनसुनी करके सब–इन्स्पेक्टर पुलिस की तरफ़ मुड़ा।

"दारोग़ा जी....आप सेक्रेटरी की लाश पोस्ट मॉर्टम के लिए भिजवा सकते हैं और साथ ही...यह मुर्दा तोता भी।"

"तो क्या....तो क्या....!" सब–इन्स्पेक्टर इसके आगे न कह सका।

"जी हाँ....इस ज़हरीले तोते की भी जाँच की जाये, क्योंकि सेक्रेटरी की मौत का ज़िम्मेदार ज़हर है।" फ़रीदी ने इतमीनान से कहा।

"ज़हर....!" नवाब साहब के मुँह से बेअख़्तियार निकला।

"जनाबे आला....!" फ़रीदी ने कुछ झुकते हुए कहा। "और यह भी साफ़ रहे कि ज़हर देने वाले का निशाना ख़ुद आप थे। वह तो कहिए कि सेक्रेटरी की मौत आ गयी थी।"

"मैं....!" नवाब साहब चौंक कर बोले।

"जी हाँ....!"

"मगर कैसे?"

"बहुत ही मामूली बात है। आइए, लाइब्रेरी में चल कर आपको समझाऊँ।"

फ़रीदी ने तारिक़ की तरफ़ मुस्कुराते हुए देखा।

सब लोग फिर लाइब्रेरी में चले आये। फ़रीदी की बात सुन कर ग़ज़ाला की हालत बिगड़ रही थी।

"सेक्रेटरी की मौत का ज़िम्मेदार शायद आपकी टोगी है।" फ़रीदी ने कहा।

"तुम पहेलियाँ बुझवा रहे हो, जो कुछ कहना हो साफ़-साफ़ कहो।" नवाब साहब ने उकता कर कहा। "मैं दिल का मरीज़ हूँ।"

"ठहरिए....अभी आपने मुझे बताया है कि आप कोई तेल इस्तेमाल नहीं करते, लेकिन ज़रा इस टोपी का अन्दर का हिस्सा सूँघिए।" फ़रीदी ने टोपी नवाब की तरफ़ बढ़ाते हुए कहा।

नवाब साहब ने टोपी को ले कर सूँघा और सर हिलाने लगे।

"ऐसी ही ख़ुशबू उसके सर में भी मौजूद है।" फ़रीदी ने लाश की तरफ़ इशारा करके कहा। "रात पढ़ते वक़्त शायद उसने आपकी टोपी पहन ली थी। मैंने आपको यह टोपी पहना कर उस कुर्सी पर बैठने के लिए कहा था। बाहर जा कर देखा तो उधर से सिर्फ़ आपका सिर नज़र आ रहा था और पीठ मेरी तरफ़ थी। ज़हर देने वाला समझा शायद आप ही लाइब्रेरी में बैठे हुए हैं। मैंने आपसे पढ़ते वक़्त बार-बार पानी के बारे में पूछा था....मेरा ख़याल सही निकला। मैं उस खिड़की पर अनगिनत गोले देख कर इस नतीजे पर पहुँचा था कि यहाँ सुराही रखी जाती है और गोले उसकी भीगी हुई पेंदी के निशान के अलावा कोई और चीज़ नहीं हो सकते। क़ातिल शायद आपकी इस आदत को अच्छी तरह से जानता था। उसने पीछे ही से हाथ बढ़ा कर यहाँ रखी हुई

सुराही में ज़हर डाल दिया। यह तो आपने देखा ही है ज़हर कितना असरदार साबित हुआ है। सिर्फ़ दो मिनट में तोते की जान निकल गयी। आपका सेक्रेटरी भी शायद बहुत ज़्यादा सिगरेट पीता था। जैसा कि मेज़ पर रखी हुई ऐशट्रे से मालूम होता है और गर्मियों में सिगरेट पीने के बाद प्यास ज़रूर लगती है। उसने सुराही का पानी पिया और....फिर तो आप जानते ही हैं....क़ातिल बाद में अपनी इस हरकत को देखने आया और जल्दी में सुराही को हाथ मार कर नीचे गिरा दिया। उसकी यह जल्दबाज़ी किसी ग़लती के अचानक एहसास ही का नतीजा हो सकती है। उसने यह भी न सोचा कि सुराही के टूटने की आवाज़ सुन कर क़रीब के लोग जाग भी सकते हैं।"

फ़रीदी रुक कर सिगार सुलगाने लगा।

"लेकिन यह आप कैसे कह सकते है कि मरने वाला उस वक़्त भी यह टोपी पहने हुए था जब ज़हर देने वाले ने बाहर से देखा।" सब-इन्स्पेक्टर ने कहा।

"उसके बारे में तो मैं नहीं कह सकता।" फ़रीदी ने कहा। "यह मेरा अन्दाज़ा है जो ग़लत भी हो सकता है।"

"बहरहाल, नवाब साहब को एहतियात से काम लेना चाहिए। एक सेक्रेटरी की जान लेने के लिए इतना ऊधम मचाने की क्या ज़रूरत हो सकती है।"

"ऊधम से क्या मतलब....!" नवाब साहब बोले।

"जानवरों की मौतें, दरिन्दों की आवाज़ें और आग उगलता हुआ कुआँ।" फ़रीदी ने कहा। और सामने की दीवार पर नज़रें गाड़ दीं। वह कुछ सोच रहा था।

तारिक़ अपने नेवले को कन्धे पर बिठाये बेताबी से टहल

रहा था।

ग़ज़ाला के चेहरे के उतार-चढ़ाव से ऐसा मालूम हो रहा था जैसे वह क़रीब-क़रीब बेहोश होने वाली है।

"दारोग़ा जी....इस बोतल को सील कर दीजिए।" फ़रीदी ने बोतल हमीद के हाथ से ले कर सब-इन्स्पेक्टर की तरफ़ बढ़ाते हुए कहा। उसी बोतल में हमीद ने टूटी हुई सुराही के ठीकरों का पानी इकट्ठा किया था।

फ़रीदी नवाब साहब की तरफ़ मुड़ा।

"एक बात समझ में नहीं आती कि आख़िर इतनी रात गये वह लाइब्रेरी में बैठा क्या कर रहा था। डॉक्टर की रिपोर्ट के मुताबिक़ लगभग दो-ढाई बजे उसकी मौत हुई। क्या वह आपके घर में होने वाले हादसों से परेशान नहीं था। मेरा ख़याल है कि यहाँ रात को तो कोई अपने पलँग से उठने की हिम्मत भी नहीं कर सकता होगा।"

"तुम्हारा ख़याल बिलकुल सही है।" नवाब साहब बोले।

फ़रीदी फिर ख़यालों में डूब गया।

ग़ज़ाला का दिल चाह रहा था कि वह बता दे कि उसने एक आदमी को एक रात कुएँ में उतरते देखा था, लेकिन तारिक़ सामने ही खड़ा था। उससे आँखें मिलते ही उसे अपना ख़ून नसों में मानो जमता हुआ महसूस होने लगा। उसने यह बात फ़रीदी को भी नहीं बतायी थी। न जाने क्यों उसका ख़याल आते ही वह ख़ौफ़ से काँपने लगती थी। उसने उस वक़्त तारिक़ के नेवले को फ़रीदी के हाथ से ठीकरा गिराते भी देखा था। इस चीज़ ने उसके शक को और ज़्यादा बढ़ावा दिया।

फ़रीदी ख़यालों में डूबा हुआ टहल रहा था। तभी सब-

इन्स्पेक्टर की तरफ़ मुड़ कर बोला।

"दारोग़ा जी, मेरे ख़याल से अब लाश उठवाने का इन्तज़ाम किया जाये। बहरहाल, अब आपको दूसरी रिपोर्ट लिखनी पड़ेगी।"

"फ़रीदी साहब, हक़ीक़त में आप जादूगर हैं।" सब-इन्स्पेक्टर बोला।

फ़रीदी ने कोई जवाब न दिया।

सब-इन्स्पेक्टर लाश उठवाने का इन्तज़ाम करने लगा।

थोड़ी देर बाद लाइब्रेरी में सिर्फ़ हमीद, फ़रीदी, ग़ज़ाला, नवाब साहब और तारिक़ रह गये। फ़रीदी अभी तक ख़यालों में खोया हुआ था। टहलते-टहलते वह किताबों की अलमारियों का जायज़ा लेने लगा।

"आपकी लाइब्रेरी बहुत शानदार है।" वह नवाब साहब की तरफ़ मुड़ कर बोला।

"वह तो सब ठीक है, लेकिन आप नाश्ता कब करेंगे।" ग़ज़ाला ने कहा।

"हाँ भई। लो, नौ बज गये।" नवाब साहब ने चौंक कर कहा।

"अगर नाश्ता यहीं मँगवा लें तो बेहतर है।" फ़रीदी ने कहा।

ग़ज़ाला उठ कर बाहर चली गयी।

फ़रीदी टहलता हुआ फिर खिड़की के पास आ गया।

"यह क्या तमाशा है।" वह बाहर देखते हुए चौंक कर बोला।

नवाब साहब और हमीद खिड़की के क़रीब आ गये।

नवाब साहब का सौतेला भाई परवेज़ एक पहलवान की गोद में चढ़ा हुआ दूध पी रहा था और साथ-ही-साथ तुतला-तुतला कर कुछ कहता भी जा रहा था।

"यह तमाशा नहीं मेरी बदनसीबी है।" नवाब साहब ठण्डी आह भर कर बोले।

"क्या मतलब.....!"

"मेरा छोटा भाई परवेज़....लगभग आठ साल हुए सिर में चोट लगने की वजह से इसका दिमाग़ ख़राब हो गया है। कभी मुझे उस पर फ़ख़्र था। आज भी जब मैं उसकी लाइब्रेरी में जाता हूँ तो आँसू निकल आते हैं। इतना क़ाबिल और पढ़ा-लिखा और उसका यह अंजाम। बर्लिन यूनीवर्सिटी से उसने फ़िलॉसफ़ी में डॉक्टरेट की डिग्री ली थी। अब बिलकुल बच्चों की तरह ज़िन्दगी बसर करता है।"

फ़रीदी ग़ौर से सुन रहा था। अचानक हमीद हँसने लगा। परवेज़ पहलवान की गोद से उतर कर एक तितली के पीछे घुटनों के बल दौड़ने लगा था।

हमीद के इस हँसने पर फ़रीदी ने उसे घूर कर देखा। वह नहीं चाहता था कि नवाब साहब का दिल दुखे।

"आपने इन्हें किसी साइकियैट्रिस्ट को दिखाया?" फ़रीदी ने नवाब साहब से पूछा।

"सब कुछ करके थक-हार गया हूँ।"

"वाक़ई बड़े अफ़सोस की बात है।" फ़रीदी ने कहा और उसके बाद ख़ामोशी छा गयी।

थोड़ी देर बाद नाश्ते का सामान आ गया। सब लोग एक

बड़ी मेज़ के पास बैठ गये।

"समझ में नहीं आता कि ज़हर किसने दिया।" नवाब साहब बोले।

"परेशान होने की ज़रूरत नहीं।" फ़रीदी ने कहा। "लेकिन एहतियात ज़रूरी है। आप और ग़ज़ाला काफ़ी होशियार रहिए....मुझे सौ फ़ीसदी यक़ीन है कि यह हमला आप ही पर हुआ था।"

"आख़िर क्यों....और वह कौन हो सकता है?" नवाब साहब बेचैनी से बोले।

"वही जिसने यह सब स्वाँग रचाया है। इस ख़याल में न रहिए कि यह कोई शैतानी मामला है। ग़ज़ाला ने जिस वक़्त जानवरों की मौत के बारे में बताया था, उसी वक़्त मैंने कह दिया था कि अब किसी आदमी का नम्बर आने वाला है।"

नवाब साहब हैरान नज़रों से फ़रीदी की तरफ़ देखने लगे।

"जनाबे आला आपका नेवला मुझे बहुत पसन्द है।" फ़रीदी तारिक़ से बोला।

"शुक्रिया....!" तारिक़ मुस्कुरा कर बोला।

"जिस वक़्त यह उछला था मुझे यक़ीन हो गया था कि ज़रूर इस पानी में ज़हर मिला हुआ है।"

"मैं आपका मतलब नहीं समझा।" तारिक़ चौंक कर बोला।

"इसकी इसी ख़ासियत पर शदागा कबीले के लोग इसे देवता समझते हैं।" फ़रीदी सिगार सुलगाता हुआ बोला। "इस क़िस्म के ख़तरे की बू सूँघ लेना इसकी मामूली-सी ख़ासियत है।"

"क्या आप कभी ब्राज़ील गये हैं।" तारिक़ बोला।

"हाँ....एक ज़माने में मुझे पुराने ख़ज़ानों की तलाश का ख़ब्त था।" फ़रीदी ने कहा।

"अच्छा....!" तारिक़ दिलचस्पी ज़ाहिर करते हुए बोला।

"इसी सिलसिले में ब्राज़ील भी जाना हुआ था।" फ़रीदी लापरवाही के साथ बोला। "लेकिन अफ़सोस है कि मानाओज़ से सौ मील भी आगे न जा सका।"

"मानाओज़....मानाओज़....!" तारिक़ बेचैनी से बड़बड़ाता हुआ कुर्सी पर पहलू बदलने लगा।

"मानाओज़ से सौ मील के फ़ासले पर पश्चिम की तरफ़....अमेज़न नदी के उत्तरी किनारे पर काले पहाड़ों का सिलसिला....जहाँ....? मगर यह सब मैं क्यों बक रहा हूँ?"

"कोई हर्ज नहीं....मैं काफ़ी दिलचस्पी ले रहा हूँ।" तारिक़ ने नेवले को कन्धे से उतार कर गोद में बिठाते हुए कहा।

"फिर किसी वक़्त बताऊँगा....क्या आपको भी ख़ज़ानों से दिलचस्पी है।"

"नहीं, कोई ऐसी खास़ दिलचस्पी तो नहीं....अलबत्ता, मुझे सैर करने का ज़रूर शौक़ है।" तारिक़ ने कहा।

"ख़ैर, यह शौक़ भी बुरा नहीं।" फ़रीदी ने नवाब साहब की तरफ़ अचानक मुड़ते हुए कहा। "मैं आपके स्वर्गीय सेक्रेटरी के बारे में कुछ मालूमात करना चाहता हूँ।"

"किस क़िस्म की मालूमात....?" नवाब साहब ने पूछा।

"पहली बात यह कि वह आपके यहाँ कितने दिन से नौकरी कर रहा था?"

"उसकी परवरिश ही इस घर में हुई थी।"

"उसका कोई रिश्तेदार....!"

"कोई नहीं....बहुत पहले मुझे एक पुराने मन्दिर के पास पड़ा मिला था। उस वक़्त इसकी उम्र दो साल से ज़्यादा न थी।"

"हूँ....!" फ़रीदी ने सिर हिलाते हुए कहा। "उसका कोई दुश्मन?"

"मेरा ख़याल है कि कोई नहीं, क्योंकि वह एक बहुत ही अच्छा आदमी था।"

"क्या आप बता सकते हैं कि वह किस क़िस्म की किताबें पढ़ा करता था?"

"यह बताना मुश्किल है।"

"आपने कौन-सी किताब ढूँढने के लिए उसे भेजा था?"

"एक किताब जो इसी इमारत के बारे में थी।"

फ़रीदी अचानक उछल पड़ा।

इस इमारत के बारे में....क्या आपने उसे पढ़ा था?"

"हाँ, एक बार दो-एक पन्ने को पढ़ने का इत्तफ़ाक़ हुआ था।"

"कोई खास़ बात थी उसमें?"

"ज़ाहिर है कि अगर कोई ख़ास बात होती तो दो ही एक पन्ने पढ़ कर क्यों रह जाता।"

"ओह....ख़ास बात ज़रूर थी....मगर ख़ैर....यह बताइए कि अचानक आपको उसे तलाश कराने की कौन-सी ज़रूरत पड़ गयी?" फ़रीदी ने कहा।

नवाब साहब फिर कुछ उकताये हुए-से नज़र आने लगे।

"इन सवालों का इस हादसे से क्या ताल्लुक़?" नवाब

साहब ने कहा।

"बहुत बड़ा ताल्लुक़ है....मेरे सवाल आपको बेकार मालूम हो रहे हैं, लेकिन मेरा काम करने का तरीक़ा कुछ इसी तरह का है।"

"मैंने उस किताब का बयान तारिक़ से यूँ ही बातचीत के दौरान किया था। उन्होंने उसे देखने की ख़्वाहिश ज़ाहिर की।"

"क्या मैं पूछ सकता हूँ कि आप उसे क्यों देखना चाहते थे।" फ़रीदी अचानक तारिक़ की तरफ़ मुड़ कर बोला।

"बात यह है कि मुझे पुरानी इमारतों से दिलचस्पी है।" तारिक़ ने जवाब दिया। "मैंने सोचा हो सकता है, इसमें कोई बात मेरी मालूमात में इजाफ़ा करने वाली हो।"

"वह कितनी पुरानी रही होगी?" फ़रीदी ने पूछा।

"ठहरो....मैं अभी दिखाता हूँ।" नवाब साहब ने उठते हुए कहा।

"बेकार....!" फ़रीदी ने उन्हें बैठने का इशारा करते हुए कहा। "वह अब यहाँ मौजूद नहीं।"

"क्या मतलब....!"

"मेरा ख़याल ग़लत था।" फ़रीदी ने कहा। "दरअसल वह किताब ही आपके सेक्रेटरी की मौत की ज़िम्मेदार है।"

फ़रीदी तारिक़ की तरफ़ देखने लगा। वह फ़रीदी को घूर रहा था। आँखें मिलते ही वह दूसरी तरफ़ देखने लगा।

"मैं तुम्हारा मतलब नहीं समझा।"

"आप कह रहे थे कि वह किताब इस इमारत के बारे में थी।" फ़रीदी ने नवाब साहब के सवाल को नज़र-अन्दाज़ करते

हुए कहा। "क्या आप अन्दाज़े से भी उसकी तारीख़ मुझे नहीं बता सकते।"

"वह किताब तीन सौ साल पुरानी रही होगी।" नवाब साहब बोले।

"तीन सौ साल....!" फ़रीदी ने हैरत का इज़हार करते हुए कहा। "मगर यह इमारत तो नये तर्ज़ की है।"

"जिस हिस्से में आप बैठे हुए हैं, उसे बने हुए ज़्यादा दिन नहीं हुए। पुरानी इमारत तो कभी की ख़त्म हो चुकी है। उसके कुछ खँडहरों का हिस्सा अभी तक बाक़ी है।"

"ओह....तब तो मैं सौ फ़ीसदी यक़ीन के साथ कह सकता हूँ कि सेक्रेटरी की मौत किताब ही की वजह से हुई है।"

"मगर कैसे....?" नवाब साहब बेचैनी से बोले।

"इस किताब में उस इमारत के बारे में कोई गहरा राज़ लिखा था।" फ़रीदी ने कहा। "यही वजह है कि वह निडर हो कर रात को भी लाइब्रेरी में बैठा रहा, जबकि दूसरे अपने कमरों से निकलने की भी हिम्मत नहीं कर सकते। क्या आप बता सकते हैं कि उस वक़्त और कौन-कौन मौजूद था जब आपने उसे किताब तलाश करने की हिदायत दी थी।"

"शायद मेरे और तारिक़ के अलावा और कोई भी नहीं था।"

"हूँ....!" फ़रीदी ने सिर हिलाते हुए कहा।

"मगर वह राज़ क्या हो सकता है।"

"वह राज़....!" फ़रीदी कुछ सोचता हुआ बोला। "अगर वह राज़ आपको मालूम हो जाता तो आपके घर में होने वाले

हादसे आपकी नज़रों में खेल-कूद से ज़्यादा हैसियत न रखते।"

"यानी...."

"अभी फ़िलहाल मैं इस चीज़ पर ज़्यादा रोशनी नहीं डाल सकता। लेकिन आप इत्मीनान रखिए यह सब हक़ीक़त में खेल-तमाशे से ज़्यादा कुछ भी नहीं है।"

नवाब साहब ख़ामोश हो गये, लेकिन उनकी बेचैनी आँखों से ज़ाहिर हो रही थी।

"चलिए! मैं आप लोगों को आपके कमरे दिखा दूँ।" ग़ज़ाला ने उठते हुए कहा।

"मेरी समझ में नहीं आता कि अब क्या करूँ।" नवाब साहब भी उठते हुए बोले।

"अब यह सब आप मुझे समझने दीजिए।" फ़रीदी ने मुस्कुरा कर कहा।

"मुझे तुम्हारी बात से ऐसी ही उम्मीद है....ख़ुदा हमारी परेशानियाँ दूर करे।"

नवाब साहब ने कहा और बाहर चले गये।

◀◀ ● ▶▶

ख़ून की बौछार

सेक्रेटरी की मौत की वजह से सारी कोठी पर एक अजीब क़िस्म का माहौल पैदा हो गया था। लोग इस तरह चल-फिर रहे थे जैसे उन्हें किसी के जाग उठने का डर हो। अलबत्ता कभी-कभी परवेज़ के बचकाने क़हक़हे उस ख़ामोशी को तोड़ देते थे।

नवाब साहब दिन भर लाइब्रेरी की किताबें उलटते-पलटते रहे, लेकिन गुमशुदा किताब न मिली। फ़रीदी की दलील की बिना पर वह मान गये थे कि सेक्रेटरी को ज़हर दे कर मार डाला गया है, लेकिन शैतानी मामले वाला ख़याल उनके ज़ेहन में ठहरा हुआ था। वे सोच रहे थे कि शायद भूतों की आड़ ले कर कोई सेक्रेटरी पर हाथ साफ़ कर गया। उसकी मौत की वजह से उन्हें परेशानी ज़रूर थी। एक तो यह कि वह उनके घर का पालक था और परेशानी की दूसरी वजह यह थी कि पुलिस वाले अब आये दिन बेकार में आ कर उनका दिमाग़ चाटेंगे।

लाइब्रेरी से वापस आने के बाद फ़रीदी और हमीद ने अपने-अपने कमरों में जा कर कपड़े बदले। ग़ज़ाला ने हर बार फ़रीदी से आराम करने को कहा, लेकिन उसने टाल दिया और उसके साथ पुरानी इमारत के खँडहरों को देखने के लिए चला

गया। हमीद भी उसके साथ था। लगभग डेढ़ घण्टे तक दोनों वहाँ रहे, लेकिन कोई ख़ास बात मालूम न हो सकी। वहाँ से लौट कर वे आग उगलने वाले कुएँ की तरफ़ आये। फ़रीदी बड़ी देर तक आँखें फाड़-फाड़ कर कुएँ की गहराई में देखता रहा, लेकिन दिन के वक़्त भी उसमें इतना अँधेरा था कि उसकी तह नहीं दिखायी दे रही थी।

"क्यों भई हमीद, क्या ख़याल है।" फ़रीदी हमीद की तरफ़ मुड़ कर बोला। "इसमें पानी तो नहीं मालूम होता।"

"मैं भी यही सोच रहा था।"

"जी हाँ, इसमें पानी नहीं।" ग़ज़ाला बोली।

"और उसके अन्दर छाये हुए अँधेरे से पता चलता है कि यह बहुत गहरा है।"

"उसकी गहराई का अन्दाज़ा आज तक नहीं लगाया जा सका।" ग़ज़ाला बोली। "लेकिन मैंने....!"

"हाँ कहिए, रुक क्यों गयीं....!" फ़रीदी ने कहा।

"कुछ नहीं....!"

"लेकिन आपने किसी को उसमें उतरते देखा है।"

"आपको कैसे मालूम हुआ?" ग़ज़ाला डरी हुई आवाज़ में बोली।

"आपके जुमले के अन्दाज़ और आपकी घबराहट से मैंने अन्दाज़ा लगाया कि आपने किसी को उतरते देखा है। लेकिन किसी वजह से बताना नहीं चाहतीं।"

"आप ठीक समझे, मुझे ख़ुद अपनी इस कमज़ोरी पर बार-बार ग़ुस्सा आता है, लेकिन क्या करूँ।"

"तो आप किसी वजह से डरती हैं।"

"और वह वजह मुझे ख़ुद भी नहीं मालूम।"

"अजीब बात है।"

"मुझे दरअसल उसकी आँखों से ख़ौफ़ मालूम होता है....क्यों? यह मैं नहीं बता सकती।"

"ओह तो शायद आपका इशारा तारिक़ की तरफ़ है।"

"तो क्या आपको भी उसकी आँखें ख़ौफ़नाक मालूम होती हैं।"

"बिलकुल नहीं....मैं जानता हूँ कि वह नशे के तौर पर साँप का ज़हर इस्तेमाल करता है।"

"नशे के तौर पर साँप का जहर....!" ग़ज़ाला हैरत से बोली।

"हाँ-हाँ....!" यह कोई ताज्जुब की बात नहीं। चीनियों में इसका आम रिवाज है।"

"तो क्या इसी वजह से उसकी आँखें इतनी ख़ौफ़नाक हैं?"

"जी हाँ....!" फ़रीदी ने बात का रुख़ बदलते हुए कहा। "हाँ, तो आपने उसे कब इस कुएँ में उतरते देखा है?"

ग़ज़ाला ने उस रात की सारी कहानी फ़रीदी को बता दी।

"आइए, वापस चलें।" फ़रीदी ने लौटने के लिए मुड़ते हुए कहा। उसकी आँखें फिर गहरी सोच का पता दे रही थीं। अभी वे कुछ क़दम गये होंगे कि परवेज़ उछलता-कूदता हुआ आ गया। उसके एक हाथ में दूध पीने की शीशी थी और दूसरे में लकड़ी की एक बन्दूक।"

फ़रीदी को देख कर दूध की शीशी उसने ज़मीन पर फेंक दी और बन्दूक तान कर खड़ा हो गया।

"बताओ, तुमने मेला तोता क्या किया....मेला तोता मँगवा दो, नहीं तो गोली....माल दूँगा।"

"ओह चचा जान, ख़ुदा के लिए आप अपने कमरे से बाहर न निकला कीजिए।" ग़ज़ाला शर्माते हुए बोली।

"तू क्यों बोलती है।"

ग़ज़ाला ख़ामोश हो गयी।

परवेज़ अभी तक फ़रीदी के सामने अपनी लकड़ी की बन्दूक ताने खड़ा था। हमीद हँसी के मारे बेहाल हो रहा था। लेकिन फ़रीदी बिलकुल संजीदा था।

"ओह, मुझे अफ़सोस है।" फ़रीदी ने संजीदगी से कहा। "लेकिन मैं आपको दूसरा मँगवा दूँगा।"

"अच्छा, लेकिन वैसा ही हो।" परवेज़ बन्दूक नीची करते हुए बोला।

"ठीक है....!"

"नहीं, वैसा नहीं, हम लाल तोता लेंगे।"

"जैसा आप कहेंगे....वैसा ही मँगवा दिया जायेगा।"

"अच्छा, अब अन्दर चलिए....!" ग़ज़ाला परवेज़ का हाथ पकड़ कर उसे उसके कमरे की तरफ़ ले जाते हुए बोली।

फ़रीदी और हमीद अपने-अपने कमरों की तरफ़ आये, रास्ता में तारिक़ मिला।

"कहिए इन्स्पेक्टर साहब....कोई ख़ास बात।" तारिक़ बोला।

"अभी तक तो ख़ास बात नहीं हुई, लेकिन जल्द ही कोई

ख़ास बात रोशनी में आने वाली है।"

"मैं आपका मतलब नहीं समझा।"

"उस कुएँ के बारे में आपका क्या ख़याल है।" फ़रीदी ने उसकी बात उड़ाते हुए अचानक पूछा।

"कुआँ....!" तारिक़ चौंक कर बोला। लेकिन फिर सँभल कर कहने लगा। "यक़ीनन वह एक बहुत पुराना कुआँ है।"

"मेरा ख़याल है कि इस कुएँ में कोई ख़ज़ाना है।" फ़रीदी आँख मार कर धीरे से बोला।

"हो सकता है।" तारिक़ लापरवाही से बोला।

"मगर उसमें उतरना यक़ीनन ख़तरे से ख़ाली नहीं।" फ़रीदी ने कहा।

तारिक़ उसे घूर रहा था। अचानक उसकी आँखों में अजीब क़िस्म की चमक पैदा हो गयी।

"ओह, तो आप उसमें उतरने का इरादा रखते हैं। मैं आपको कभी उसकी राय नहीं दूँगा।"

"क्यों....!" फ़रीदी ने पूछा।

"इसलिए कि ख़ुद मैं एक बार ऐसी बेवक़ूफ़ी कर चुका हूँ।" तारिक़ ने कहा और अपने नेवले की पीठ पर हाथ फेरने लगा।

"भला इसमें बेवक़ूफ़ी की क्या बात है।" फ़रीदी मुस्कुरा कर बोला।

"मैं बताता हूँ....एक रात मैंने उस कुएँ में उतरने की कोशिश की थी और....!"

"लेकिन....!" फ़रीदी ने उसकी बात काटते हुए कहा।

"आप तो कहते हैं कि यह शैतानी मामला है। फिर आपके दिल में कुएँ में उतरने का ख़याल कैसे आया?"

"यूँ ही सिर्फ़ अपने तजरुबे में इज़ाफ़ा करने के लिए....!"

"ख़ैर! हाँ, तो फिर....!"

"मैं ज़्यादा दूर नहीं जा सका।"

"क्यों....?"

"उसमें अनगिनत साँप रहते हैं।"

"ख़ैर, यह कोई ग़ैरमामूली बात नहीं।"

"और अजीब बात यह है कि उनके छेद कुएँ की दीवारों में हैं।"

"ओह, तब तो उन छेदों में पैर रख कर आसानी से तह तक पहुँचा जा सकता है।" फ़रीदी ने कहा।

तारिक़ इस तरह मुस्कुराया जैसे कोई बूढ़ा आदमी किसी बच्चे की बेतुकी बात पर मुस्कुराता है।"

"मैंने आपकी दिलेरी की काफ़ी तारीफ़ सुनी है।" तारिक़ ने कहा। "लेकिन यह चीज़ इतनी आसान नहीं।"

"मैं तो आपको कभी उस कुएँ में उतरने न दूँगा।" हमीद बोला।

"आख़िर तुम मुझे इतना बेवक़ूफ़ क्यों समझते हो।" फ़रीदी हमीद की तरफ़ मुड़ कर बोला।

"यही तो मैंने कहा आप जैसा समझदार ऐसी बेवक़ूफ़ी कैसे कर सकता है।" तारिक़ ने कहा।

"ख़ैर, देखा जायेगा।" फ़रीदी ने कहा और आगे बढ़ गया।

फ़रीदी कमरे के दरवाज़े पर रुक कर सिगार सुलगाने लगा। हमीद अन्दर दाख़िल हो चुका था।

तभी फ़रीदी को हमीद की चीख़ सुनाई दी और वह फ़ौरन कमरे में पहुँचा। अन्दर पहुँच कर फ़रीदी ने देखा कि हमीद सिर से पैर तक ख़ून में नहाया हुआ था।

"अरे, यह क्या....?" फ़रीदी के मुँह से अचानक निकला।

हमीद ख़ामोश था। ऐसा मालूम हो रहा था जैसे वह बुत बन गया हो। अचानक चीख़ कर कमरे से बाहर भागा। फ़रीदी भी उसके पीछे भाग रहा था। कोठी के सारे लोग हमीद और फ़रीदी को इस हाल में देख कर चीख़ने लगे। फ़रीदी ने हमीद को गेट के क़रीब पकड़ा।

"आख़िर क्या बात है कुछ बताओ तो सही।" फ़रीदी ने कहा।

"मैं एक मिनट के लिए....भी....यहाँ नहीं ठहर सकता।" हमीद ने काँपते हुए कहा।

"आख़िर क्यों....?"

"देखिए....यह ख़ून....की बौछार....!"

"तुम्हारे चोट तो नहीं आयी?"

हमीद ने जिसकी साँस फूल रही थी नहीं में सिर हिला दिया।

"फिर क्या हुआ?"

"मैं जैसे....ही कमरे में....दाख़िल हुआ....मेरे सिर पर ख़ून की तेज़ बौछार।"

"अबे, वाह रे गधे, तो इस तरह भागने की क्या ज़रूरत

थी।" फ़रीदी ने उसके कन्धे पर हाथ मारते हुए कहा।

"जनाबे आला, मैं डरपोक ही सही।" हमीद बोला। "लेकिन एक जासूस के लिए यह ज़रूरी नहीं कि वह भूतों से कुश्ती लड़े।"

"बेवक़ूफ़ हो अच्छे-ख़ासे।" फ़रीदी ने कोठी की तरफ़ भागते हुए कहा।

"रास्ते में ग़ज़ाला मिली....उसने भाग-दौड़ की वजह पूछनी शुरू की।

"ऊपर जाने का रास्ता....ज़ल्दी कीजिए।"

उसने सीढ़ी की तरफ़ इशारा किया और फ़रीदी दौड़ता हुआ सीढ़ी चढ़ने लगा। ग़ज़ाला भी उसके पीछे साथ दौड़ने लगी।

"ज़रा जल्दी कीजिए....मेरे कमरे की छत....!"

"इधर आइए...." ग़ज़ाला हाँफती हुई बोली। "वह उधर....इस दीवार के क़रीब से शुरू होती है।"

फ़रीदी घुटनों के बल बैठ कर छत का जायज़ा लेने लगा। कुछ दूर हट कर शीशे के रौशनदान के क़रीब उसे ख़ून के छींटे दिखायी दिये।

फ़रीदी बेताबी से खड़ा हाथ मल रहा था।

"आख़िर बताइए भी तो क्या बात है।" ग़ज़ाला बेचैनी के साथ बोली।

फ़रीदी ने थोड़े-से शब्दों में उसे सारा वाक़या बताया।

"अफ़सोस कि हमीद की बेवक़ूफ़ी से वह भूत निकल गया....वरना....!"

"क्या मतलब....!"

"ज़रा ये ख़ून के छींटे देखिए।" फ़रीदी ने रोशनदान की तरफ़ इशारा करते हुए कहा। "उस शीशे को उठा कर पिचकारी से ख़ून फेंक देना कौन-सी बड़ी बात है।"

"ओह....!" ग़ज़ाला उसे हैरत से देखते हुए बोली। "शुरू ही से मैं इन सब हरकतों को किसी आदमी की हरकत समझ रही हूँ।"

"और वह आदमी....!" फ़रीदी ने पूछा।

"मैं अपने शक का इज़हार पहले ही कर चुकी हूँ।"

फ़रीदी किसी सोच में डूब गया।

"ख़ैर, देखा जायेगा।"

दोनों नीचे उतर आये। हमीद अभी तक उसी हालत में लोगों के भीड़ में घिरा हुआ खड़ा था।

"जाओ, जा कर बाथरूम में कपड़े बदलो।" फ़रीदी ने ग़ुस्से में कहा।

हमीद ने कुछ कहना चाहा, मगर ख़ामोश हो गया।

◀◀ ● ▶▶

आवाज़ों का राज़

हमीद वाले वाक़ये के बाद फ़रीदी अपने कमरे में खिड़की के क़रीब एक कुर्सी पर बैठा किसी ख़याल में डूबा हुआ था। उँगलियों में दबा हुआ सिगार न जाने कब का बुझ गया था। सिगार में लगी हुई राख इस बात का इशारा कर रही थी कि देर से उसने लटके हुए हाथ को हिलाया तक नहीं था, वरना राख ज़रूर गिर गयी होती।

वह अचानक चौंक पड़ा। किसी ने पीछे से उसके कन्धे पर हाथ रख दिया था। उसने पलट कर देखा।

ग़ज़ाला खड़ी मुस्कुरा रही थी। उसने इस वक़्त सफ़ेद साड़ी बाँध रखी थी। इस सादगी में उसके चेहरे पर और ख़ूबसूरती उभर आयी थी। बड़ी-बड़ी जादुई आँखें ऐसी लग रही थीं कि मानो सुबह हो रही हो। और घनी पलकों की छाँव में ख़ुशगवार-सी शामें रेंगती महसूस हो रही थीं।

"कुछ चाय वग़ैरह का भी होश है।" ग़ज़ाला की आवाज़ कमरे की ख़ामोश फ़िज़ा में गूँज उठी, उसकी आवाज़ में न जाने क्या चीज़ थी, जिसने फ़रीदी की नसों में नशा-सा दौड़ा दिया। उसकी आवाज़ में क्या था। ममता थी, शिकायत थी...तक़ाज़ा

था....सुपुर्दगी थी....और न जाने क्या किया।

फ़रीदी अचानक ही मुस्कुरा पड़ा। उसे ऐसा महसूस हुआ जैसे वह उन दहकते हुए रुख़्सारों की आँच में गल गया हो। उसे अपनी हस्ती लहरें लेती हुई झील सरीखी मालूम होने लगी। ऐसी झील जिसमें सुबह की किरनें रंगीन ताने-बाने बुन रही हों। तभी फ़रीदी को ख़ुद में इस बदलाव का एहसास हुआ और उसके ज़ेहन ने झपट कर ख़यालों के उस कोने पर काली चादर डाल दी जहाँ से मुहब्बत की किरनें फूट रही थीं।

वह अचानक ज़रूरत से ज़्यादा संजीदा हो गया। ग़ज़ाला ने भी शायद यह बदलाव महसूस किया। उसके चेहरे पर मुर्दनी-सी छा गयी।

"कहिए तो चाय यहीं भिजवा दूँ।" ग़ज़ाला ने मुर्दा-सी आवाज़ में कहा। "अब्बा जान वग़ैरह आपका इन्तज़ार कर रहे हैं।"

"इस वक़्त मेरी तरफ़ से माफ़ी माँग लीजिएगा।"

"अच्छा, तो फिर यहीं भिजवा दूँगी।" ग़ज़ाला ने कहा और कुछ देर तक खड़ी उसे देखती रही।

फ़रीदी खिड़की के बाहर देख रहा था।

ग़ज़ाला के चले जाने के बाद उसने उँगलियों में दबा हुआ सिगार बाहर फेंक कर दूसरा सुलगाया और हल्के-हल्के कश लेने लगा।

"अब्बा मियाँ....!" किसी ने पीछे से पुकारा।

फ़रीदी पलट कर देखने लगा। दरवाज़े में परवेज़ खड़ा दूध की शीशी में मुँह लगाये दूध चूस रहा था।

"तुम हमारे अब्बा मियाँ हो?" परवेज़ फ़रीदी को अपनी तरफ़ देख कर बोला।

फ़रीदी उसके इस अचानक सवाल पर बौखला गया। लेकिन फिर हँसने लगा।

"अब्बा मियाँ हँसते हैं....अब्बा मियाँ हँसते हैं।" परवेज़ दूध की शीशी बग़ल में दबा कर तालियाँ बजाता हुआ उछलने-कूदने लगा।

इतने में हमीद भी आ गया।

"और बेटा, चचा जान को भूल गये।" उसने धीरे से कहा।

फ़रीदी उसे घूरने लगा। मगर हमीद के चेहरे पर पहले जैसी शरारती मुस्कुराहट फैली हुई थी।

"कहिए जनाब....इतनी बूढ़ी औलादें लिये फिरते हैं और फिर फ़रमाते हैं कि मुझे इन बातों से कोई मतलब नहीं।" हमीद बोला।

"क्या बकते हो।" फ़रीदी ने अपनी हँसी रोक कर संजीदा बनने की कोशिश करते हुए कहा।

"हाँ, हाँ....!" परवेज़ उछल-उछल कर हँसता हुआ बोला। "अब्बा मियाँ ने चचा जान को डाँट दिया....आ हाँ हाँ हाँ।"

हमीद एक कुर्सी पर बैठ कर शरारती नज़रों से परवेज़ की तरफ़ देखने लगा।

"हम गोद में बैठेंगे।" परवेज़ हमीद के क़रीब आ कर ठनक कर बोला।

"जी....!" हमीद हैरान हो कर चीख़ा। "यह आप क्या फ़रमा रहे हैं....ज़रा अपना भारी-भरकम जिस्म देखिए।"

परवेज़ उछल कर उसकी गोद में बैठ गया और हमीद के मुँह से चीख़ निकल गयी। उसे ऐसा लगा जैसे उसकी रानों की हड्डियाँ कड़कड़ा कर टूट जायेंगी। फ़रीदी बेअख़्तियार हँस पड़ा।

"अरे, जनाबे आला....उतरिए भी....वरना मेरी हड्डियाँ टूट जायेंगी।" हमीद कराह कर बोला।

"हम खलगोश का बच्चा लेंगे।" परवेज़ हमीद की गोद में मचलता हुआ बोला।

"अरे मरा....!" हमीद चीख़ा। "ख़रगोश का बच्चा नहीं, बल्कि मैं आपको गधे का बच्चा मँगवा दूँगा। अल्लाह, मेरी जान छोड़िए।"

"नायँ....नायँ....खलगोश का बच्चा।" परवेज़ और ज़्यादा मचलने लगा।

"ऐ अल्लाह, मेरी जान बचाइए।" हमीद ने फ़रीदी से कहा।

"मैं क्या जानूँ।" फ़रीदी ने कहा और दूसरी तरफ़ मुँह फेर कर सिगार पीने लगा।

"खलगोश का बच्चा....खलगोश का बच्चा।"

"अबे भाग, भूतनी के।" हमीद ने झल्ला कर परवेज़ को धकेल दिया। परवेज़ के गिरते ही दूध की शीशी टूट गयी और सारा दूध ज़मीन पर फैल गया।

परवेज़ ज़मीन पर पड़ा हिचकियाँ ले ले कर रो रहा था।

"तुमने यह क्या किया?" फ़रीदी ने घबरा कर उसे उठाते हुए कहा।

इतने में ग़ज़ाला नौकर के साथ चाय ले कर आ गयी।

"यह क्या....?" परवेज़ को इस हाल में देख कर वह बोली।

"मुझे अफ़सोस है।" फ़रीदी ने खड़े हो कर कहा।

"आख़िर हुआ क्या....?"

"हमीद को तो आप देख ही रही हैं....बेचारा दुबला-पतला आदमी है। परवेज़ साहब उसकी गोद में चढ़ कर बैठ गये थे और किसी तरह उतरने का नाम ही न लेते थे।"

"ओह....!" ग़ज़ाला परवेज़ को ज़मीन से उठाने के लिए झुकी।

"उठिए चचा जान....देखिए ये लोग क्या कहेंगे।"

"नायँ उठेंगे....हमको धकेल दिया....आँ...." परवेज़ रोता हुआ बोला।

उसकी हालत देख कर ग़ज़ाला की आँखों में आँसू आ गये। फ़रीदी और हमीद को भी काफ़ी अफ़सोस हुआ।

बड़ी मुश्किल से ग़ज़ाला उसे बहला-फुसला कर बाहर ले गयी।

"तुमने बहुत बुरा किया।" फ़रीदी ने हमीद से कहा।

"तो क्या अपनी हड्डियाँ तुड़वा लेता।" हमीद ने कहा और चाय पीने लगा।

उसी रात की बात है। फ़रीदी, हमीद, ग़ज़ाला, तारिक़ और नवाब साहब बरामदे में बैठे कुएँ से चिनगारियाँ निकलने का इन्तज़ार कर रहे थे। ग़ज़ाला की आँखें फ़रीदी के चेहरे पर लगी हुई थीं।

"ग्यारह तो बज गये।" नवाब साहब ने बेचैनी से कुर्सी पर

पहलू बदलते हुए कहा।

"मुजरिम अब आज तीसरी बेवक़ूफ़ी न करेगा।" फ़रीदी मुस्कुरा कर बोला।

"तो क्या तुम्हें पूरा यक़ीन है कि यह किसी आदमी की हरकत है।" नवाब साहब ने कहा।

"सौ फ़ीसदी।" फ़रीदी ने कहा और सिगार सुलगाने लगा।

अभी ये बातें हो ही रही थीं कि अचानक एक तेज़ क़िस्म की सरसराहट की आवाज़ सुनाई दी।

"यह लो आवाज़ें शुरू हो गयीं।"

"ओह....!" फ़रीदी के मुँह से अचानक निकला और वह सीधा हो कर बैठ गया। साथ ही उसने अपनी कलाई पर बँधी हुई घड़ी पर नज़र डाली।

जानवरों की आवाज़ों से कोठी गूँज रही थी। फ़रीदी उठ कर अन्दर चला गया। वह कई कमरों में घूम-घूम कर आवाज़ें सुनता रहा था। फिर वह बरामदे में लौट आया। यहाँ भी ऐसा मालूम हो रहा था जैसे ये आवाज़ें दीवार के एक हिस्से से निकल रही हों। आवाज़ों का सारा सिलसिला ख़त्म होते ही उसने फिर अपनी घड़ी पर नज़र डाली।

"ओह....!" उसके मुँह से दोबारा निकला और फिर वह किसी गहरी सोच में डूब गया।

"सीढ़ी....बाँस की सीढ़ी।" वह अचानक चीख़ा।

"क्या मतलब....!" नवाब साहब चौंक कर बोले।

"एक सीढ़ी मँगवाइए।" फ़रीदी ने कहा और बुझे हुए सिगार को सुलगा कर बेताबी से बरामदे में टहलने लगा। उसका

चेहरा लाल हो रहा था और आँखों में अजीब क़िस्म की चमक पैदा हो गयी थी। हमीद अच्छी तरह जानता था कि ऐसे मौक़े पर उसकी ऐसी हालत हुआ करती है। जब उसे यक़ीन हो जाता था कि उसका शिकार उसके फन्दे में आ गया है।

"ख़ुदा ख़ैर करे, कुछ होने ही वाला है।" हमीद ने धीरे से कहा।

"क्या....!" ग़ज़ाला जो क़रीब ही खड़ी थी, चौंक कर बोली।

"कोई नयी बात होने वाली है।"

"मैं आपका मतलब नहीं समझी।"

"अभी समझ में आ जायेगा।"

इतने में दो नौकर सीढ़ी ले कर आ गये।

"ओह, यह तो बहुत छोटी है।" फ़रीदी ने कहा। "ख़ैर, कुछ परवाह नहीं....ज़रा वह मेज़ इधर घसीट कर दीवार से लगा दो और यह सीढ़ी उस पर रख कर दीवार से टिका दो।"

उसके कहने के मुताबिक़ सीढ़ी लगा दी गयी।

"एक बात....!" फ़रीदी नवाब साहब की तरफ़ मुड़ कर बोला। "क्या इन आवाज़ों से पहले हमेशा इसी क़िस्म की सरसराहट की आवाज़ सुनाई देती है।"

"इसी बिना पर तो मैंने यह कहा था कि अब जानवरों की आवाज़ें शुरू होने वाली हैं।"

फ़रीदी सिर हिलाता हुआ सीढ़ी पर चढ़ गया।

ऊपर पहुँच कर वह थोड़ी देर तक इधर-उधर दीवार को उँगलियों से खटखटाता रहा, फिर अचानक उसका क़हक़हा सुन

कर लोग चौंक पड़े।

"क्या बात है भई।" नवाब साहब डरी हुई आवाज़ में बोले।

"कोई ख़ास बात नहीं....लेकिन दिलचस्प ज़रूर है।"

"कुछ बताओ भी।"

"क्या आप बता सकते हैं कि यह दीवार किस चीज़ की बनी हुई है।" फ़रीदी ने कहा।

"क्या बच्चों जैसा सवाल करते हैं।" नवाब साहब बुरा-सा मुँह बनाते हुए बोले।

"नाराज़ होने की ज़रूरत नहीं....यह सवाल बहुत ज़रूरी है।" फ़रीदी ने कहा।

"अरे भाई, पत्थर की है। और चीज़ की होती।"

"क्या पूरी....!

"लाहौल विला कूवत....!" नवाब साहब जाने के लिए मुड़े।

"ज़रा ठहरिए....मैं एक ज़िम्मेदार आदमी की हैसियत से आपसे यह सवाल कर रहा हूँ।" फ़रीदी ने दीवार के एक हिस्से की तरफ़ इशारा करते हुए कहा।

"क्या यहाँ भी पत्थर ही है।"

"हाँ भई....!" नवाब साहब ने कहा, लेकिन उनकी आवाज़ से पता चल रहा था जैसे उन्होंने यूँ ही जवाब दे दिया हो।

"ज़रा देखिए....यह पत्थर कितना लचकदार है।" फ़रीदी ने उस हिस्से को हाथ से दबाते हुए कहा।

"अरे, यह क्या....!" नवाब साहब हैरान हो कर चीख़े।

फ़रीदी हँसने लगा।

"भई बताओ, यह क्या मामला है....मेरा दम घुट रहा है।

"तो सुनिए जनाब....अभी तक आप लोग एक बहुत ही दिलचस्प रिकॉर्ड सुनते रहे हैं। यहाँ इस जगह लाउडस्पीकर का हॉर्न लगा हुआ है।"

"अरे....!" नवाब साहब उछल पड़े।

"और तारीफ़ करता हूँ उस आर्टिस्ट की, जिसने इस जाली को ऐसे रंग कर पत्थरों में मिला दिया है।" फ़रीदी मुस्कुरा कर बोला।

"क्या तमाशा है....आख़िर यह सब क्या है।" नवाब साहब अपना माथा रगड़ते हुए बोले।

"यही मैं आपसे पूछना चाहता हूँ।"

"मैं क्या बताऊँ।"

"ताज्जुब की बात है कि आप इस मकान के मालिक होते हुए भी इसका जवाब नहीं दे सकते।"

"ख़ुदा गवाह है कि मैं कुछ नहीं जानता।"

"भला इस बात पर किसे यक़ीन आयेगा।" फ़रीदी ने सीढ़ी से उतरते हुए कहा। "अन्दर भी कई जगहों पर ऐसे ही हॉर्न फ़िट हैं।"

"होंगे भई....मगर मैं क़सम खा कर....!"

"कोई बात नहीं....मेरा काम ख़त्म....चलो भई हमीद....सामान वग़ैरह ठीक करो....इसी वक़्त चलेंगे। एक बजे वाली ट्रेन मिल ही जायेगी।"

"मगर....मगर....!" नवाब साहब रुक-रुक कर बोले।

"काम....ख़त्म....कहाँ....हम लोगों की ज़िन्दगी ख़तरे में मालूम होती है।"

"भला मैं इसके लिए क्या कर सकता हूँ....कम से कम यह मामला मेरे बस का नहीं।" फ़रीदी ने जवाब दिया।

"आख़िर आप इस तरह क्यों जा रहे हैं।" ग़ज़ाला आगे बढ़ कर बोली। "इतनी कामयाबी तो आपने हासिल कर ली है और इसका पता लगाना भी कोई मामूली बात न थी।"

"ख़ैर, इसका पता तो आप लोगों को भी था।"

"तुम न जाने कैसी बातें कर रहे हो। क्या मैं झूठ कह रहा हूँ।" नवाब साहब बोले।

"तारिक़ साहब, आप ख़ुद फ़ैसला कीजिए।" फ़रीदी ने कहा। "इस बात पर किसे यक़ीन आयेगा कि इस तरह दीवारों में लाउडस्पीकर फ़िट कर देना कोई घड़ी-दो घड़ी का काम तो है नहीं। ज़ाहिर है कि उसमें वक़्त लगा होगा....फिर मैं यह कैसे समझ लूँ कि इस घर के रहने वालों को इसकी ख़बर न हुई। मान लीजिए कि यह हरकत घर ही के किसी आदमी की है तो ऐसी हालत में भी हर किसी को मालूम होना चाहिए था....क्या ख़याल है।

"साहब, इसके बारे में क्या कह सकता हूँ।" तारिक़ ने जवाब दिया।

"जाली....लाउडस्पीकर...." नवाब साहब ख़ुद-ब-ख़ुद बड़बड़ाये।

"शायद आपको यक़ीन नहीं आया।" फ़रीदी ने पतलून की जेब से बड़ा-सा चाकू निकाल कर हमीद को देते हुए कहा।

"जाओ भई, ज़रा चढ़ कर इस मामले को साफ़ ही कर दो।"

हमीद चाकू ले कर सीढ़ी पर चढ़ गया। थोड़ी देर की मेहनत के बाद इतनी जाली कट गयी कि लाउडस्पीकर का हार्न साफ़ दिखायी देने लगा।

"ऐसे ही और भी बहुत-से लाउडस्पीकर यहाँ की दीवारों में लगे हुए हैं। फ़रीदी बोला।

"मैं क्या करूँ।" नवाब साहब बेबसी से बोले। उनके चेहरे पर पसीने की छोटी-छोटी बूँदें उभर आयी थीं।

"इस इमारत के कमरों में सफ़ेदी कब से नहीं हुई?" फ़रीदी ने पूछा।

"पिछले साल हुई थी।" नवाब साहब बोले।

"तो यह सब काम उसके बाद ही हुआ है, वरना सफ़ेदी करने वालों में ज़रूर यह बात फैलती।"

"उफ़, मेरे ख़ुदा।" नवाब साहब अपना चेहरा रूमाल से साफ़ करते हुए बोले। "तो यह सब काम उस वक़्त हुआ जब मैं और ग़ज़ाला छै महीने के लिए बाहर चले गये थे।"

"उस वक़्त शायद लाउडस्पीकर के हॉर्न फ़िट किये गये थे, क्योंकि यह कोई ऐसा मुश्किल काम नहीं। यह एक रात में भी हो सकता है, लेकिन इन दीवारों में तार दौड़ाने का इन्तज़ाम उसी वक़्त कर लिया गया होगा जब यह इमारत बन रही थी।"

नवाब साहब हैरत से फ़रीदी को देख रहे थे।

"यह इमारत किसकी निगरानी में तैयार हुई थी?" अचानक फ़रीदी ने पूछा।

"मेरे मरहूम प्राइवेट सेक्रेटरी की निगरानी में।" नवाब साहब बोले। "मैं उस समय परमानेंट के तौर पर लखनऊ में रहता था।"

"तो यह वजह है इन हज़रत की मौत की।" फ़रीदी अचानक बोला।

"क्या मतलब....!"

"यक़ीनन वे उस आदमी से मिले हुए थे, जो आपको तंग कर रहा है और आख़िरकार उसने उन्हें अपने रास्ते से हटा दिया।"

"आख़िर वह कौन हो सकता है?" नवाब साहब ने पूछा।

"आपका कोई दुश्मन।"

नवाब साहब सोच में पड़ गये।

"मगर मेरा कोई दुश्मन इतना अक़्लमन्द नहीं।" नवाब साहब ने जवाब दिया।

"ख़ैर भई....हमीद चल कर सामान इकट्ठा करो।" फ़रीदी हमीद की तरफ़ मुड़ कर बोला।

"आप हमें इस हाल में छोड़ कर हरगिज़ नहीं जा सकते।" ग़ज़ाला ने आगे बढ़ कर कहा।

"लेकिन मैं कर ही क्या सकता हूँ।"

"यह सब कुछ मैं नहीं जानती....आपको ठहरना पड़ेगा।"

"और अब आप इसका पता तो लगा ही सकते हैं कि इस हॉर्न का सिलसिला कहाँ से शुरू होता है।" तारिक़ बोला।

"हाँ, कोई ऐसी मुश्किल बात नहीं....सिर्फ़ पूरी इमारत खुदवानी पड़ेगी।" फ़रीदी ने ताना मारते हुए कहा।

"कुछ भी सही....लेकिन आप यहाँ से जा नहीं सकते।" ग़ज़ाला बोली "चलिए, अब चल कर आराम कीजिए।"

◀◀ ● ▶▶

हमला

अँधेरी रात थी। आसमान काले बादलों से ढँका हुआ था। गरज और चमक से मालूम हो रहा था कि अभी बारिश होने वाली है। फ़रीदी ने अपना पलँग बरामदे में निकलवा लिया था। उस वक़्त सर्दी बढ़ जाने की वजह से उसने चादर ओढ़ ली थी। सोते वक़्त उसने बरामदे की बिजली बुझवा दी थी। सारी कोठी पर सन्नाटा छाया हुआ था। तभी एक तरफ़ अँधेरे में एक साया चलता हुआ नज़र आया। वह धीरे-धीरे फ़रीदी के पलँग की तरफ़ बढ़ रहा था। वह पलँग के क़रीब पहुँच कर रुक गया। उसका एक हाथ ऊपर उठा और बड़ा-सा ख़ंजर सोने वाले के जिस्म में घुस गया। साथ ही किसी तरफ़ से एक दूसरा साया झपट कर पहले साये पर आ गिरा। दोनों गुथ गये। इस टकराव में दोनों के मुँह से हल्की-हल्की चीख़ें निकल जाती थीं। तभी एक साया दूसरे की पकड़ से निकल कर भागा। दूसरा साया उसका पीछा करने लगा और अँधेरे ने दोनों को अपने दामन में छुपा लिया।

शोर सुन कर लोग जाग उठे। कमरों और बरामदों के बल्ब जला दिये गये। हमीद भी जाग उठा था। वह भाग कर फ़रीदी के कमरे की तरफ़ आया। उसे मालूम था कि फ़रीदी बरामदे ही में सोया है। जैसे ही उसने टॉर्च जलायी, उसके मुँह से चीख़ निकल

गयी। फ़रीदी ने माथे तक चादर ओढ़ रखी थी और उसके काले बाल तकिये पर बिखरे हुए थे और सीने पर एक ख़ंजर जिसका सिर्फ़ हत्था नज़र आ रहा था। हमीद बेतहाशा चीख़ने लगा।

"दौड़ो....दौड़ो....क़त्ल क़त्ल....!"

नींद से चौंके हुए लोग, जो मामले को अच्छी तरह समझ न पाये थे, उस बरामदे की तरफ़ दौड़े। इनमें से एक ने बरामदे का बल्ब जलाया।

"क्या हुआ....!" ग़ज़ाला आगे बढ़ कर बोली। "अरे, यह क्या।"

"फ़रीदी साहब।"

"उफ़ मेरे ख़ुदा....यह क्या हुआ....अब्बा जान....अब्बा जान।"

"ओह, शायद सो रहे हैं।" किसी ने कहा।

"जाओ....जा कर जगा दो....!"

"उफ़ मेरे ख़ुदा....मैंने उन्हें क्यों रोक लिया था।" ग़ज़ाला सिसकियाँ ले कर रोने लगी।

इस दौरान बारिश होने लगी थी और इतनी तेज़ हो रही थी कि कान पड़ी आवाज़ नहीं सुनाई दे रही थी।

तभी किसी ने क़हक़हा लगाया। सब लोग चौंक पड़े। फ़रीदी पानी में शराबोर लड़खड़ाता हुआ बरामदे में दाख़िल हुआ।

"अरे आप....!" सब के मुँह से एक साथ निकला।

"या अल्लाह, तेरा शुक्र है।" ग़ज़ाला अपने आप बोल उठी। उसकी आँखों से अभी तक आँसू निकल रहे थे।

"अरे, आप क्यों रो रही हैं।" फ़रीदी ने हँस कर कहा।

"पहले यह बताइए कि यह कौन है।" हमीद ने लाश की तरफ़ इशारा करके कहा।

"चादर उलट कर देखो।"

"जैसे ही हमीद ने चादर उलटी उसके मुँह से हैरत से चीख़ निकल गयी।

चादर के नीचे तीन-चार तकिये रखे हुए थे और सिरहाने तकिये पर दफ़्ती का बना हुआ एक सिर रखा हुआ था जिस पर काले रंग के बड़े-बड़े बाल चिपके हुए थे।

"मुझे पहले ही से मालूम था कि आज रात को मुझ पर ज़रूर हमला होगा। इसीलिए मैं यहाँ से चला जाना चाहता था लेकिन ग़ज़ाला ख़ानम की ज़िद के आगे एक न चली और मजबूरन मुझे यह इन्तज़ाम करना पड़ा।"

"मुझे शर्मिन्दगी है।" ग़ज़ाला ने कहा।

"इसकी बिलकुल ज़रूरत नहीं। अगर मैं आज चला गया होता तो मुझे ज़िन्दगी भर अफ़सोस रहता।"

"हुज़ूर, बड़े सरकार कमरे में नहीं हैं।" उस नौकर ने लौट कर कहा, जो नवाब साहब को बुलाने के लिए गया था।

"क्या कहा, कमरे में नहीं।" ग़ज़ाला ने हैरत से पूछा।

"कौन....?" फ़रीदी ने पूछा।

"अब्बा जान....!" ग़ज़ाला परेशान हो कर बोली।

"ओह....!" फ़रीदी तेज़ी से नवाब साहब के कमरे की तरफ़ रवाना हो गया। लोग भी उसके पीछे थे।

नवाब साहब का कमरा ख़ाली था। बिस्तर की सिलवटें

बता रही थी कि कोई उस पर सोया ज़रूर है। कोठी का कोना-कोना छान डाला गया। नवाब साहब का कहीं पता न था। ग़ज़ाला बुरी तरह परेशान थी। फ़रीदी सोच में डूबा हुआ था। तारिक़ धीरे-धीरे हमीद से बातें कर रहा था।

"तो आख़िर इसमें परेशानी की कौन-सी बात है। आप लोग जा कर आराम कीजिए।" फ़रीदी ने कहा। "नवाब साहब जहाँ गये होंगे, वापस आ जायेंगे।"

"आख़िर इस वक़्त कहाँ गये होंगे।" ग़ज़ाला बेचैनी से बोली।

"हो सकता है, रोज़ाना वे इस वक़्त कहीं जाते हों। आप उनके पीछे-पीछे तो घूमती नहीं हैं।" फ़रीदी ने कहा।

"अरे, यह आपके माथे से ख़ून कैसा निकल रहा है।" ग़ज़ाला, फ़रीदी की तरफ़ देख कर बोली।

"भाग-दौड़ में कहीं चोट लग गयी होगी।" फ़रीदी ने लापरवाही से कहा। "मुझे अफ़सोस है कि वह कमबख़्त बच कर निकल गया।"

◀◀ ● ▶▶

और वह कुआँ

दूसरे दिन सुबह नवाब साहब की कोठी में कोहराम मचा हुआ था। नवाब साहब अभी तक नहीं लौटे थे। सबसे ज़्यादा परेशान और सबसे ज़्यादा ख़ामोश फ़रीदी था। गहरी सोच की वजह से उसके माथे पर धारियाँ उभरी हुई थीं।

"जनाब....!" तारिक़ ने उसके कमरे में दाख़िल होते हुए कहा। "रात से मेरा नेवला ग़ायब है।"

"अरे जनाब, यहाँ आदमी ग़ायब हुए जा रहे हैं और आपको नेवले की फिक्र पड़ी है।"

"आप ग़लत समझे मिस्टर फ़रीदी।" तारिक़ बोला। "नवाब साहब की वजह से मुझे ख़ुद भी परेशानी है....मगर वह नेवला...."

"बहुत क़ीमती था।" फ़रीदी ने उसका जुमला पूरा कर दिया।

"जी हाँ....!"

"अरे साहब, जानवर है....कहीं भाग-वाग गया होगा।" फ़रीदी ने कहा।

"भाग तो वह सकता ही नहीं....ज़रूर उसे किसी ने पकड़ लिया।"

"कहिए, हिन्दुस्तान आपको पसन्द आया।" फ़रीदी अचानक पूछ बैठा।

तारिक़ चौंक कर उसे घूरने लगा।

"जी हाँ....क्यों नहीं....मगर मेरा नेवला।"

"छोड़िए भी, मिल ही जायेगा....आप इससे पहले भी कभी हिन्दुस्तान आये थे।"

"जी नहीं....लेकिन नेवला....!"

"मेरे ख़याल से नेवला सिर्फ़ इसीलिए ग़ायब किया गया है कि कहीं वह नवाब साहब को ढूँढ न निकाले।" फ़रीदी ने कहा।

"मैं आपका मतलब नहीं समझा।"

"मतलब समझ कर क्या कीजिएगा....बहरहाल, मैं वादा करता हूँ कि आपका क़ीमती नेवला ढूँढने की कोशिश करूँगा।"

"शुक्रिया....शुक्रिया...." तारिक़ ने कहा। माफ़ कीजिएगा मैंने रुकावट डाली...."मगर मैं क्या करूँ....मेरा नेवला।"

"आप इत्मीनान रखिए....जा कर नाश्ता कीजिए....सब ठीक हो जायेगा।" फ़रीदी ने कहा।

तारिक़ चला गया।

कुछ देर बाद ग़ज़ाला आ गयी।

"मेरी समझ में नहीं आता कि मैं क्या करूँ।" वह कुर्सी पर बैठते हुए बोली।

"घबराइए नहीं....सब ठीक हो जायेगा।" फ़रीदी ने कहा। "जब तक कि यह मामला साफ़ नहीं हो जाता, मैं यहीं ठहरा रहूँगा।"

"किस मुँह से आपका शुक्रिया अदा करूँ।"

"किसी मुँह से नहीं।" फ़रीदी ने कहा। "आख़िर आप इतनी उदास क्यों हैं। मैं आपको यक़ीन दिलाता हूँ कि नवाब साहब जहाँ कहीं भी हैं, ख़ैरियत से हैं।"

"ख़ुदा करे ऐसा ही हो।"

"इंशा अल्लाह....ऐसा ही होगा।" फ़रीदी ने कहा। "आपने नाश्ता किया या नहीं।"

"अरे....ऐसे में नाश्ते की किसे सूझती है।"

"फिर वही बात! मैं कहता हूँ, आख़िर इससे फ़ायदा ही क्या है।"

"अब मैं अपने दिल को क्या करूँ।"

"सँभालिए....आप पढ़ी-लिखी और समझदार हैं।"

"कोशिश तो करती हूँ।"

"अच्छा जाइए....नाश्ता कर डालिए।"

"और आप....!"

"मैं अभी नहीं करूँगा....ज़रूरी तौर पर ऐसा कह रहा हूँ।"

ग़ज़ाला चली गयी।

फ़रीदी की आदत थी कि जब उसे किसी अहम मामले पर ग़ौर करना होता था तो वह आम तौर पर ख़ाली पेट ही रहा करता था....इसलिए आज भी उसने अभी तक नाश्ता नहीं किया था....वह ख़ुद पर हमला होने के बाद से अब तक बैठा हुआ सोच रहा था।

थोड़ी देर बाद वह अपने कमरे से निकल कर हमीद के कमरे की तरफ़ गया। हमीद शायद अभी-अभी सो कर उठा था....उसके बाल उलझे हुए थे और आँखें सूजी हुई थीं।

"तुम जैसा सोने वाला भी आज तक मेरी नज़रों से नहीं गुज़रा।" फ़रीदी ने कहा।

"आपकी नज़रों में अभी गुज़रा ही क्या है।" हमीद ने कहा। "नवाब साहब मिले या नहीं?"

"अभी तक कुछ पता नहीं चल सका।"

"तो यक़ीनन मेरा शक सही है।" हमीद ने कहा।

"ओह, आप भी शक करने लगे हैं। ज़रा मुझे भी बताइए, शायद आप ही सही रास्ते पर हों।"

नवाब रशीदुज़्ज़माँ ख़ुद ही मुजरिम हैं।" हमीद ने कहा।

"वह कैसे....?" फ़रीदी एक आराम-कुर्सी पर बैठता हुआ बोला।

"यह मैं नहीं जानता....मेरे पास इसका बहुत ही मामूली सबूत है और वह यह कि नवाब रशीदुज़्ज़माँ आप पर हमले के बाद ही क्यों ग़ायब हो गये। आपने हमला करने वाले से दो-दो हाथ भी किये थे। हो सकता है, नवाब साहब को ख़याल आया हो कि कहीं आपने हमला करने वाले को पहचान न लिया हो।"

"बहुत अच्छे! लेकिन यह तो सोचो कि आख़िर उनके ग़ायब होने की क्या वजह हो सकती है। ज़ाहिर है कि हमलावर बच कर निकल गया था और फिर मैं इसका सबूत किस तरह पहुँचाता कि इसमें रशीदुज़्ज़माँ ही का हाथ है।"

"हर शख़्स इतना नहीं सोच सकता था जितना कि आप सोचते हैं।" हमीद ने कहा।

"ख़ैर, बहरहाल....ज़रा अपनी कुर्सी क़रीब ले आओ।" फ़रीदी ने कहा।

"ख़ैरियत, कोई ख़ास बात।" हमीद ने मुस्कुराते हुए कहा। अपनी कुर्सी फ़रीदी के क़रीब कर ली।

"सुनो....!" फ़रीदी धीरे से बोला। "आज रात मैं उस कुएँ में उतरूँगा।"

"मैं आपको हरगिज़ न उतरने दूँगा।"

"क्यों....!"

"मैं मुनासिब नहीं समझता।"

"नहीं भई....अब उसके बग़ैर काम नहीं चल सकता।"

"तो आप पर हुस्न का जादू बुरी तरह से चल गया है।"

"क्या मतलब....?"

"मैं आपसे सच कहता हूँ कि ग़ज़ाला दुनिया की सबसे ख़ूबसूरत लड़की है।"

"फिर वही गधेपन की बातें।"

"यह कोई नयी बात नहीं....मैंने शायद अपनी ज़िन्दगी में कभी घोड़ेपन की बातें नहीं कीं।"

"हटाओ भी....यह बेकार की बातें....तफ़रीह के लिए फिर बहुत वक़्त मिलता रहेगा।"

"हमीद ख़ामोश हो गया।

"मेरा ख़याल है कि रात को उस कुएँ की निगरानी ज़रूर की जाती होगी।"

"निगरानी....निगरानी कौन करता होगा।"

"मुजरिम....!"

"मुजरिम तो ग़ायब है।"

"भई, फ़िलहाल यही मान लो कि नवाब रशीदुज़्ज़माँ मुजरिम नहीं हैं।" फ़रीदी ने कहा।

"बहरहाल....हाँ, तो आप क्या कहना चाहते हैं।" हमीद ने कहा।

"तुम शाम ही से बाग़ पर नज़र रखना।"

"बेहतर है....लेकिन मैं किसी तरह यह मुनासिब नहीं समझता कि आप कुएँ में उतरें।"

"बस, देखते रहो....मेरे लिए किसी तरह का ख़तरा नहीं।"

उसी दिन रात को हमीद दौड़ता हुआ फ़रीदी के पास आया।

"आपका ख़याल सही था।" वह हाँफता हुआ बोला। "मैंने अभी-अभी एक आदमी को कुएँ की पीछे वाली झाड़ी में छिपते हुए देखा है।"

फ़रीदी पहले ही से तैयार बैठा था। उसने ज़रूरी सामान साथ लिया और हमीद के साथ चला गया।

गेट के बाहर निकल कर दोनों चहार-दीवारियों के नीचे चलने लगे। एक जगह फ़रीदी रुक गया।

"मेरा ख़याल है कि यही वह जगह हो सकती है जहाँ वह छिपा होगा...." फ़रीदी ने धीरे से हमीद के कान में कहा।

हमीद ने सिर हिलाया और देखते-ही-देखते फ़रीदी दीवार पर चढ़ गया। ऊपर से उसने हमीद को भी चढ़ आने का इशारा किया।

दोनों धीरे से दूसरी तरफ़ उतरने लगे।

"वह देखिए, कुएँ की जगत के पास झाड़ियों में।" हमीद

ने धीरे से कहा।

फ़रीदी ने सिर हिलाया। वहाँ कोई छिपा हुआ था। फ़रीदी अपने पिस्तौल की नाल पकड़ कर धीरे-धीरे आगे बढ़ने लगा। झाड़ियों के क़रीब पहुँच कर उसका पिस्तौल वाला हाथ ऊपर उठा और साथ ही किसी के गिरने की आवाज़ आयी।

"हमीद....हमीद....ज़ल्दी करो....रस्सी।" फ़रीदी ने कहा।

वह एक लम्बे-चौड़े आदमी को दबोचे बैठा था। आदमी सिर में चोट लगने की वजह से बेहोश हो चुका था। दोनों ने मिल कर उसे एक पेड़ के तने से जकड़ दिया।

"तुम्हारा पिस्तौल भरा हुआ है न....!" फ़रीदी ने पूछा।

हमीद ने हाँ' में सिर हिलाया।

"देखो, इसकी अच्छी तरह निगरानी करते रहना। अगर कोई बात हो तो पिस्तौल इस्तेमाल कर लेना।"

यह कह कर फ़रीदी झाड़ियों में घुस गया। कुछ पलों के बाद जब वह वहाँ से निकला तो उसके हाथ में एक पिंजरा था।

"यह क्या....!" हमीद ने धीरे से पूछा।

"तारिक़ का नेवला....!"

"अरे....!"

"इसमें ताज्जुब की क्या बात है।"

"तो इसे आप ही ने ग़ायब किया था।"

"हाँ....इस कुएँ में साँप बहुत हैं। लेकिन वे इस नेवले की बू पाते ही अपने बिलों में जा छिपेंगे।"

"ओह....समझा....!"

फ़रीदी ने पिंजरा ज़मीन पर रख दिया और रेशम की एक मज़बूत डोरी के सिरे में एक पत्थर बाँध कर उसे कुएँ में फेंक दिया और डोर का दूसरा सिरा क़रीब के एक पेड़ के तने से बाँध कर माथे से पसीना पोंछने लगा।

"अच्छा भई हमीद....ख़ुदा हाफ़िज़....मैं चला....बहुत होशियारी से रहना....अगर कोई ख़तरा महसूस हो तो बेख़ौफ़ गोली चला देना....फ़रीदी ने कहा और नेवले का पिंजरा अपने पास लिपटी हुई चमड़े की पेटी में लटका लिया। फिर टॉर्च की रोशनी में देर तक कुएँ के अन्दर देखता रहा। अच्छी तरह इत्मीनान कर लेने के बाद उसने टॉर्च पतलून की जेब में डाली और रेशम की डोर के सहारे कुएँ में उतरने लगा। रेशम की डोर के सहारे उतरना कोई आसान काम न था। थोड़ी दूर जा कर डोर पसीने की वजह से हाथ से फिसलने लगी।

कुएँ में बहुत अँधेरा था। उसे अपने आस-पास साँपों की फुफकारें सुनाई दे रही थीं।

◀◀ ● ▶▶

हैरत

फ़रीदी की कमर से लटके हुए पिंजरे से भी अजीब क़िस्म की आवाज़ें आने लगी थीं। शायद नेवला साँपों की फुफकारें सुन कर अपने ग़ुस्से का इज़हार कर रहा था। फ़रीदी के बाज़ू थक गये थे। हर बार उसे यह लगा था जैसे अब रस्सी उसके हाथ से निकल जायेगी। उसने एक चौड़े कगार पर खड़े हो कर जेब से टॉर्च निकाली और उसकी रोशनी में नीचे की तरफ़ देखने लगा। अभी वह सिर्फ़ आधी दूर गया था। गर्मी की वजह से उसका दम घुटा जा रहा था। उसने मुँह ऊपर करके दो-तीन गहरी-गहरी साँसें लीं और फिर नीचे उतरने लगा। बहरहाल, बहुत ही मुश्किलों के बाद वह कुएँ के तल तक पहुँचा। उसके सारे कपड़े पसीने में इस तरह डूबे हुए थे जैसे वह काफ़ी देर तक बारिश में भीगता रहा हो। टॉर्च की रोशनी में वह कुएँ की तह का जायज़ा लेने लगा। थोड़ी देर बाद उसे ऐसा लगा जैसे उसकी मेहनत बेकार गयी हो। कुएँ में ज़्यादा देर तक ठहरना एक तरह से मौत को दावत देना था। साँपों की तरफ़ से तो ख़ैर, इस नेवले की मौज़ूदगी की वजह से उसे इतमीनान था लेकिन गर्मी! ख़ुदा की पनाह.....फ़रीदी की जगह अगर कोई कमज़ोर दिल-ओ-दिमाग़ का आदमी होता तो अब

तक कभी का बेहोश हो गया होता।

थक-हार कर उसने ऊपर चढ़ने का इरादा किया। रस्सी पकड़ कर जैसे ही उसने अपना पैर उठाया दूसरा पैर कुएँ की दीवार से टकरा गया और एक अजीब क़िस्म की आवाज़ हुई। फ़रीदी चौंक कर फिर नीचे उतर गया। जहाँ पैर लगा था उस जगह को ग़ौर से देखने लगा। फिर उसे उँगलियों से धीरे-धीरे खटखटाया।

"ओह मेरे ख़ुदा....!" उसके मुँह से अपने आप निकल गया।

दीवार का यह हिस्सा टीन का बना हुआ था। लेकिन उसे इस तरह बनाया गया था कि देखने में ईंटों की जड़ाई मालूम हो रही थी। फ़रीदी ने जेब से चाक़ू निकाला।

थोड़ी देर में उसने टीन का वह ढक्कन वहाँ से निकाल फेंका। हवा का एक झोंका उसके जिस्म से टकराया और उसकी नसों में बिजली दौड़ गयी। उसके सामने दीवार का इतना बड़ा हिस्सा खुल गया था जिससे एक आदमी बैठ कर आसानी से गुज़र सकता था। फ़रीदी टॉर्च की रोशनी में रेंगता हुआ आगे बढ़ा। उसके एक हाथ में टॉर्च थी और दूसरे में नेवले का पिंजरा। अब वह एक अच्छे-ख़ासे कमरे में चल रहा था। अचानक ठिठक गया। सामने एक औरत और एक मर्द खड़े हुए थे।

फ़रीदी ने फ़ौरन पिंजरा ज़मीन पर फ़ेंक कर रिवॉल्वर निकाल लिया, लेकिन वे दोनों दीवार से टेक लगाये ज्यों-के-त्यों खड़े रहे।

"लाहौल विला कूवत।" फ़रीदी के मुँह से धीरे से निकला। उसने क़रीब जा कर दोनों को टटोला। वे रबड़ के बने हुए थे।

फ़रीदी को फौरन ख़याल आया कि ये वही पुतले हैं जिन्हें पहले दिन नवाब साहब वग़ैरह ने लाश समझा था। फ़रीदी आगे बढ़ा। सामने एक दरवाज़ा था जिसकी तरफ़ से रोशनी छन-छन कर इस कमरे में आ रही थी। फ़रीदी ने कमरे में दाख़िल होते ही बारूद की बू महसूस की। दूसरे कमरे में किसी के बोलने की आवाज़ आ रही थी। फ़रीदी ने किवाड़ों की छेद से आँखें लगा दीं। अचानक वह चौंक पड़ा। दूसरे कमरे में एक आदमी की लाश पड़ी हुई थी, जिसके सीने से ताज़ा-ताज़ा ख़ून निकल रहा था। एक कुर्सी पर नवाब रशीदुज़्ज़माँ बैठे थे, लेकिन वे रस्सियों से जकड़े हुए थे। फ़रीदी ने दरवाज़ा खोलना चाहा, लेकिन फिर रुक गया। हालाँकि उसने महसूस किया कि दरवाज़ा दूसरी तरफ़ से बन्द नहीं है और किसी वक़्त भी आसानी से खोला जा सकता है।

अचानक एक आदमी दरवाज़े ही के क़रीब आ कर खड़ा हो गया। उसके हाथ में पिस्तौल था।

यह परवेज़ था। परवेज़ जो पागल था। परवेज़ जो बच्चों की तरह तुतला-तुतला कर बोलता था। परवेज़ जो घुटनों के बल चलता था....वह परवेज़ इस वक़्त सीधा खड़ा था। उसके हाथ में दूध की शीशी के बजाय पिस्तौल था और आँखों में मासूमियत के बजाय दरिन्दगी नाच रही थी।

“देखा आपने इस नमक हराम का अंजाम....!” परवेज़ ने लाश की तरफ़ इशारा करके कहा। “यह मुझे धमकी दे रहा था, कह रहा था कि जासूसों को मेरे बारे में बता देगा....हुँह।”

फ़रीदी के सारे जिस्म में सनसनाहट फैल गयी, क्योंकि परवेज़ उस वक़्त तुतला कर नहीं बोल रहा था।

"हाँ, तो भाई साहब अब....आप भी मरने के लिए तैयार हो जाइए।" परवेज़ बोला।

"मैंने तुम्हें हमेशा सगे भाई से प्यारा समझा था। मैंने तुम्हारा क्या बिगाड़ा है।" नवाब साहब गिड़गिड़ा कर बोले।

"कुछ भी हो....लेकिन मैं इसे किसी तरह गवारा नहीं कर सकता कि अपने बाप की विरासत से इसलिए महरूम कर दिया जाऊँ कि उसने मेरी माँ के साथ निकाह नहीं किया था।"

"क्या मैंने तुम्हें कभी यह चीज़ महसूस होने दी।" नवाब साहब बोले।

"मैं इन बेकार बातों में नहीं पड़ता....मैं तुम्हें क़त्ल करूँगा। जासूसों को पहले ही से तुम पर शक था। तुम्हारा ग़ायब हो जाना इस शक को यक़ीन में बदल देगा। तुम्हारी मौत के बाद तुम्हारी चीज़ों का मैं पूरा-पूरा मालिक हूँगा। ग़ज़ाला के अलावा और तुम्हारा है ही कौन, जो मुझसे निपटने के लिए आयेगा....और रह गया ग़ज़ाला का मामला तो मैं उसे इसी तरह रखूँगा जिस तरह तुम्हारे बाप ने मेरी माँ को रखा था।"

"क्या बकता है....बदनसीब....!" नवाब साहब गरज कर बोले। "वह तेरी भतीजी है।"

"होगी....!" परवेज़ ने लापरवाही से कहा। "मेरी माँ आवारा थी, इसलिए तुम्हारे पास क्या सबूत है कि मैं तुम्हारे बाप ही की औलाद हूँ। बहरहाल, मैं हरामी हूँ। इसलिए हरामीपन की हद पार कर जाना चाहता हूँ।"

"चुप रहो मरदूद....!" नवाब साहब चीख़े और फ़रीदी ने दरवाज़े को ज़ोर से धक्का दिया। किवाड़ों की झपट में आ कर परवेज़ औंधे मुँह गिर पड़ा।

फ़रीदी उछल कर उस पर आ गिरा। दोनों आपस में भिड़ गये। फ़रीदी को लग रहा था कि उसे एक फ़ौलाद के बने हुए आदमी से मुक़ाबला करना पड़ रहा है। दोनों के हाथों में पिस्तौल दबे हुए थे। तभी परवेज़ फ़रीदी की पकड़ से निकल कर फुर्ती से एक सोफ़े की आड़ में हो गया। फ़रीदी उसका मतलब समझता था। उसने झपट कर एक मेज़ गिरायी और उसकी ओट ले ली। दोनों तरफ़ से गोलियाँ चलनी शुरू हो गयीं। तभी फ़रीदी ने चीख़ मारी और गिर पड़ा। थोड़ी देर तक ख़ामोशी रही फिर परवेज़ खड़ा हो गया। वह धीरे-धीरे मेज़ की तरफ़ बढ़ रहा था। अचानक एक फ़ायर हुआ और परवेज़ चीख़ मार कर गिर पड़ा। फ़रीदी उठ कर खड़ा हो गया। वह परवेज़ को तड़पता देख रहा था। गोली ठीक उसके माथे पर लगी थी।

"फ़रीदी बेटा....!" नवाब साहब चीख़े और बेहोश हो गये।

* *

दूसरे दिन शाम को नवाब साहब, ग़ज़ाला, तारिक़, फ़रीदी, हमीद और दो सब-इन्स्पेक्टर एक साथ चाय पी रहे थे।

"ऐसी अँधेरी रात में उस कुएँ में उतरना फ़रीदी ही का काम था।" नवाब साहब बोले।

"मुझसे दरअसल ज़रा-सी ग़लती हो गयी, वरना इतनी परेशानी न उठानी पड़ती। खँडहरों वाला रास्ता ज़्यादा सीधा और आसान था। सिर्फ़ ज़रा-सा दिमाग़ पर ज़ोर डालना पड़ता। अब सोचता हूँ कि मैंने अपना ज़्यादा वक़्त खँडहरों पर ही क्यों न ख़र्च किया।"

"ख़ैर, जो कुछ भी हुआ, अच्छा ही हुआ।" तारिक़ बोला।

"मुझे हैरत है कि वे लोग मुझे सोते से किस तरह उठा ले गये कि मुझे ख़बर तक ने हुई।" नवाब साहब ने कहा।

"क्लोरोफ़ॉर्म....!" फ़रीदी बोला।

"उन तीनों बदमाशों में से एक लापता है। मालूम नहीं उसका क्या हुआ।" हमीद बोला।

"उसका भी इन्तज़ाम हो जायेगा।" फ़रीदी ने कहा। "भला कौन कह सकता था परवेज़ इतना ख़तरनाक आदमी है और वे तीनों जो उसे उठाये फिरते थे, वे इसके गुर्गे थे।"

"ख़ैर, अब छोड़िए....इन बातों को....!" ग़ज़ाला बोली। "मुझे उलझन हो रही है।"

"और हाँ, तारिक़ साहब किसी को आप पर भी शक था।" फ़रीदी ने शरारती मुस्कुराहट के साथ कहा।

ग़ज़ाला उसे ग़ुस्से और प्यार-भरी नज़रों से देखने लगी।

"मुझ पर....!" तारिक़ ने क़हक़हा लगाया। "न जाने क्यों लोग आम तौर पर मेरी तरफ़ से शक किया करते हैं।"

"आपके नेवले की वजह से।" हमीद मुस्कुरा कर बोला।

"ओह....उसने सैंकड़ों बार मेरी जान बचायी है।" तारिक़ ने अपने नेवले की पीठ पर प्यार से हाथ फेरते हुए कहा। "अगर यह न होता तो फ़रीदी साहब कुएँ के क़रीब जाने की भी हिम्मत न कर सकते।"

"इसमें कोई शक नहीं।" फ़रीदी ने उठते हुए कहा।

वह धीरे-धीरे टहलता हुआ अपने कमरे में आया और खिड़की के क़रीब खड़े हो कर बाग़ में बिखरी हुई हरियाली से आँखों की थकावट दूर करने लगा।

अचानक किसी ने उसके कन्धे पर हाथ रखा। वह मुड़ा.....ग़ज़ाला की ख़ूबसूरत आँखों ने उसकी निगाहों का इस्तक़बाल किया। ग़ज़ाला के नर्म और नाज़ुक होंटों पर एक मुस्कान बिखरी हुई थी।

फ़ौलाद के बने हुए फ़रीदी के जिस्म का एक एक हिस्सा मोम की तरह पिघलने लगा। उसने अचानक ग़ज़ाला का हाथ अपने हाथ में ले लिया। उसकी समझ में नहीं आ रहा था कि वह क्या करे।

"आप....आप इस वक़्त बहुत अच्छी लग रही हैं।" फ़रीदी ने बच्चों की तरह कहा और ग़ज़ाला ने शर्मा कर सिर झुका लिया। उसके होंटों पर अजीब क़िस्म की मुस्कुराहट नाच रही थी जिसका यह मतलब था कि कुछ और भी कहो....मगर फ़रीदी....इस मामले में क़रीब-क़रीब बिलकुल बुद्धू था। उसने किसी रूमानी नावेल का कोई अच्छा-सा जुमला याद करने की कोशिश की, लेकिन कामयाब न हुआ।

"आप हमेशा अच्छी लगती हैं।" वह मुश्किल से बोला।

"अचानक एक धमाका सुनाई दिया। दोनों चौंक पड़े....दरवाज़े के क़रीब हमीद गिर पड़ा था। उसके होंट काँप रहे थे। जैसे वह कुछ कह रहा हो। दोनों दौड़ कर उसके क़रीब आये।

फ़रीदी ने सिर हिलाया और ग़ज़ाला को जाने का इशारा करके ख़ुद हमीद पर झुक गया। ग़ज़ाला दोनों को हैरत से देखती हुई चली गयी।

"हमीद....हमीद....!" फ़रीदी ने उसका सिर हिलाते हुए कहा।

"आप...आप...हम...हम...हमेशा...अच्छ...अच्छी.... लल...लगती हैं।" हमीद लेटे-लेटे बड़बड़ाया। "अरे...बाप रे...भूत...भूत...!"

फ़रीदी ने उसे गरेबान से पकड़ कर खड़ा किया।

"यह क्या हरकत....?"

"हरकत....अरे रे....हाय....आप पर भी....शैतानी साया हो गया।"

"क्या बकते हो?"

"अरे बाप रे....आप हमेशा अच्छी लगती हैं....अरे, आज बहुत बड़ा काफ़िर मुसलमान हो गया। शुक्र है ख़ुदा तेरा....अरे मैं ख़ुशी के मारे बेहोश हो गया था....थोड़ा पानी....प्यास महसूस हो रही है।"

फ़रीदी हमीद की पीठ पर एक घूँसा मार कर कमरे में चला गया। उसके चेहरे के एक-एक हिस्से से मुस्कुराहट फूटी पड़ रही थी। झेंपी-झेंपी-सी मुस्कुराहट।

"मेरे सरकार, आख़िर नाराजगी किस बात की...." हमीद, फ़रीदी के पीछे आ कर बोला। "अब तो मज़ा-ही-मजा है।"

फ़रीदी झल्ला कर मुड़ा।

"अजीब बेवक़ूफ़ हो....अगर उसने सुन लिया तो।"

"तो हर्ज ही क्या है....मुहब्बत में सब कुछ जायज़ है।"

"मुहब्बत....!" फ़रीदी उसका गरेबान पकड़े हुए बोला। "किस बात में देखी है तुमने मुहब्बत।"

"आप हमेशा अच्छी लगती हैं।" हमीद ने मुँह बना कर कहा।

"तो क्या किसी के हुस्न की तारीफ़ करना मुहब्बत है।"

"बिलकुल....!"

"तो इधर देखो....!" फ़रीदी ने अपने सीने पर हाथ मारते हुए कहा। "जिसे तुम मुहब्बत कहते हो उसके लिए इस पत्थर में कोई गुंजाइश नहीं।"

"कभी-कभी पत्थर भी अपनी ही आँच से पिघल जाता है...." हमीद अकड़ कर बोला।

"शाबाश....बरख़ुरदार....किस नावेल से रटा था यह जुमला।" फ़रीदी उसकी पीठ ठोंकते हुए बोला।

"ख़ैर, होगा; मुझे क्या।" हमीद ने कहा। "आपने अभी तक यह नहीं बताया कि कुएँ से आग किस तरह निकलती थी।"

"तुम भी रहे वही ईडियट के ईडियट।" फ़रीदी मुस्कुरा कर बोला। "अरे मियाँ, आतिशबाज़ी थी। क्या तुमने मिट्टी के वे बड़े-बड़े अनार नहीं देखे थे जो तहख़ाने से बरामद हुए हैं।"

"ओह, वाक़ई अच्छा-ख़ासा बच्चों का खेल था....मगर ख़तरनाक।" हमीद ने कहा और सीटी बजाता हुआ कमरे से निकल गया।

जासूसी दुनिया सिरीज़ के अन्य उपन्यास

दिलेर मुजरिम (1)

'दिलेर मुजरिम' की कहानी पैसे की हवस के चलते जुर्म की दुनिया में डूबते चले जाने की कहानी है। नवाब वजाहत मिर्ज़ा के बीमार पड़ते ही सलीम, जो उनका नज़दीकी रिश्तेदार है, उनकी जायदाद को हासिल करने के लिए क़त्ल पर उतर आता है। इसी में डॉक्टर शौकत का क़िस्सा भी है जो नवाब वजाहत मिर्ज़ा का बेटा है, लेकिन चूँकि नवाब साहब ने अपनी दिवंगत बीवी की इच्छा पर उसे परवरिश के लिए अपनी दोस्त सविता देवी के पास रख दिया था, इसलिए यह राज़ राज़ ही रहा और जैसे ही सलीम को इस राज़ का पता चला, उसने शौकत को रास्ते से हटाने की ठान ली। अपने मंसूबे में सलीम किस तरह नाकाम रहा और अपने ही बनाये जाल में फँसता चला गया, इसे जानने के लिए पाठकों को 'दिलेर मुजरिम' के पन्नों से गुज़रना होगा और हम आपको इस सफ़र पर चलने का न्योता देते हैं।

जंगल में लाश (2)

जब जंगल में एक के बाद एक लाशें मिलने लगती हैं तो किसी को अन्दाज़ा नहीं होता कि मामला कहाँ अटका है। असली मुजरिम कौन है और इन हत्याओं की असली वजह क्या है? जानने के लिये पढ़िये इब्ने सफ़ी की दूसरी हैरतअंगेज़ कहानी 'जंगल में लाश'।

प्रति उपन्यास मूल्य : रु० 60.00

जासूसी दुनिया सिरीज़ के अन्य उपन्यास

औरत फ़रोश का हत्यारा (3)

जब इन्स्पेक्टर फ़रीदी और सार्जेंट हमीद के बीच 'गुलिस्ताँ होटल' में जा कर नाच के जश्न में को ले कर नोंक-झोंक होती है तो ज़रा भी अन्दाज़ा नहीं होता कि यह जश्न जुर्मों के कैसे सिलसिले को पैदा करने वाला है। हमीद अपनी नयी मित्र शहनाज़ के साथ नाचने की तमन्ना दिल ही में सँजोये रखता है और इन्स्पेक्टर फ़रीदी शहनाज़ के साथ नाचने लगता है। तभी गोली चलने की आवाज़ आती है और सारा माहौल बदल जाता है। पता चलता है कि किसी आदमी ने ख़ुदकुशी कर ली है और यह आदमी फ़रीदी की तफ़तीश की मुताबिक़ औरतों का धन्धा करने वाला एक पुराना मुजरिम था। ज़ाहिर है वह ख़ुदकुशी नहीं है, बल्कि क़त्ल है। मगर किसने किया है ? जानने के लिये पढ़िये इब्ने सफ़ी की तीसरी हैरतअंगेज़ कहानी 'औरत फ़रोश का हत्यारा'।

तिजोरी का रहस्य (4)

क्या आपने कभी ऐसे मुजरिम के बारे में पढ़ा है जो तिजोरियाँ तोड़े, मगर चुराये कुछ भी नहीं ? नहीं सुना न ? तो हम आपसे गुज़ारिश करेंगे कि आप इब्ने सफ़ी का यह उपन्यास 'तिजोरी का रहस्य' पढ़िए। 'तिजोरी का रहस्य' ऐसे मुजरिम की कहानी है जो एक राज़ जानने के बाद उसे अपने फ़ायदे के लिए इस्तेमाल करना चाहता है। दिलचस्प बात यह है कि इस मुजरिम का पता

जासूसी दुनिया सिरीज़ के अन्य उपन्यास

लगाने के लिए फ़रीदी आम जासूसों से अलग हट कर ख़ुद भी कुछ मुजरिमों जैसे तरीक़े अपनाता है। यही नहीं, बल्कि वह एक पुराने मुजरिम दिलावर की मदद भी लेता है। मगर कैसे? जानने के लिये पढ़िये इब्ने सफ़ी की दूसरी हैरतअंगेज़ कहानी 'तिजोरी का रहस्य'।

फ़रीदी और लियोनार्ड (5)

लियोनार्ड बेहद घटिया क़िस्म का ब्लैकमेलर है, जो सिर्फ़ ब्लैकमेलिंग तक ही नहीं रुकता, बल्कि क़त्ल और दूसरे ओछे हथकण्डे अपनाने पर उतर आता है। क्या-क्या गुल खिलाता है और फिर कैसे फ़रीदी के हत्थे चढ़ता है-इसे जानने के लिए आइए, इस उपन्यास के हैरत-अंगेज़ सफ़र पर चलें। हमारा यक़ीन है आप निराश न होंगे।

चालबाज़ बूढ़ा (7)

हालाँकि 'चालबाज़ बूढ़ा' का केन्द्रीय पात्र जाबिर है – निहायत ही पेचीदा शख़्स, जिसे किसी भी क़िस्म का इन्सानी जज़्बा छू नहीं पाता और जो आख़िर में फ़रीदी जैसे होशियार भेदिये को भी चकमा दे कर फ़रार हो जाता है – लेकिन जो किरदार उपन्यास में अनायास उभर आया है वह रुक़ैया का। 'चालबाज़ बूढ़ा' की भटकती हुई खलनायिका रुक़ैया का किरदार इब्ने सफ़ी ने लाजवाब मिट्टी से गढ़ा है और उसे उपन्यासकार की भरपूर हमदर्दी भी मिली है। ज़िन्दगी में भटकाव का शिकार हो कर

जासूसी दुनिया सिरीज़ के अन्य उपन्यास

गुनाह की गहराइयों में डूब जाने के बावजूद रुक़ैया के दिल में गहरे कहीं प्यार की प्यास है। फ़रीदी जैसे ही इन जज़्बात को छेड़ता है तो रुक़ैया के चरित्र का बेहद उजला पहलू सामने आता है। लेकिन इब्ने सफ़ी जानते हैं कि हृदय-परिवर्तन के बाद भी रुक़ैया का अन्त मौत है और वे उसे उसके स्वाभाविक अन्त तक जाने देते हैं। इब्ने सफ़ी की ख़ूबी है कि वे भयानक-से-भयानक चरित्र को पेश करते समय भी उस बुनियादी उसूल पर काम कर रहे होते हैं कि गुनाह से नफ़रत करो, गुनहगार से नहीं। इसलिए वे कोरी किताबी बात न करके गुनहगार की ज़ेहनियत को समझने की कोशिश करते हैं। रुक़ैया जैसे बहुत-से खलनायकों को वे इसी आधार पर हमदर्दी भी दे पाते हैं।

नक़ली नाक (8)

कल्पना और जानकारी के घोल से इब्ने सफ़ी ने अपने यादगार जासूसी उपन्यासों का लिबास तैयार किया। कई क़िस्से और किरदार तो चुनौती की तरह आये, मसलन जाबिर जो 'चालबाज़ बूढ़ा' के अन्त में फ़रीदी के हाथ से फिसल कर निकल भागा था। इसी जाबिर से 'नक़ली नाक' में हम दोबारा रू-ब-रू होते हैं। 'नक़ली नाक' बिला शक इब्ने सफ़ी के उन उपन्यासों में शामिल है जिसकी लोकप्रियता कभी कम नहीं होगी और वह आज भी आपको लुभायेगा। आज़मा कर देखिए। इन्स्पेक्टर फ़रीदी के पसन्दीदा मुहावरे में कहें तो न घोड़ा दूर, न मैदान।

प्रति उपन्यास मूल्य : रु० 60.00

इब्ने सफ़ी–इब्ने सफ़ी, जिनका असली नाम असरार अहमद था, २६ जुलाई, १९२८ को इलाहाबाद ज़िले के नारा क़स्बे में पैदा हुए थे। बचपन ही से शायरी और क़िस्से-कहानियों का शौक़ था। आगरा विश्वविद्यालय से बी.ए. की डिग्री लेने के बाद वे इलाहाबाद से निकलने वाली उर्दू पत्रिका 'निकहत' से जुड़ गये। जब १९५२ में वहीं से 'जासूसी दुनिया' प्रकाशित होने लगी तो इब्ने सफ़ी ने असरार नारवी, सनकी सोल्जर और तुग़रल फ़रग़ान जैसे नाम छोड़ कर इब्ने सफ़ी के नाम से अगस्त १९५२ में अपना पहला जासूसी उपन्यास 'दिलेर मुजरिम' लिखा और हर महीने एक नया उपन्यास लिखने लगे। १९५२ में वे पाकिस्तान चले आये और कराची में उन्होंने अपना प्रकाशन 'इसरार पब्लिकेशन्स' के नाम से शुरू किया। १९६०-६३ के बीच मानसिक रोग का शिकार होने के बाद जब वे ठीक हुए तो उन्होंने 'डेढ़ मतवाले' नामक उपन्यास से अपनी दूसरी कामयाब 'इमरान सीरीज़' शुरू की और 'जासूसी दुनिया' वाली सीरीज़ भी लिखते रहे। इन उपन्यासों का गुजराती और बंगला समेत अनेक भाषाओं में अनुवाद भी हुआ। जासूसी उपन्यासों के अलावा इब्ने सफ़ी ने शायरी, कहानी और हास्य-व्यंग्य की भी रचनाएँ की हैं। उनका देहान्त अपने ही जन्मदिन २६ जुलाई, १९८० को कराची में हुआ।

चौधरी ज़िया इमाम–चौधरी ज़िया इमाम का जन्म २८ मई, १९७९ को हुआ। वे कई वर्षों से दिल्ली और लखनऊ से प्रकाशित बहुत से नामी समाचार पत्रों के लिए लिखते रहे हैं। वे नार्थ इण्डिया जर्नलिस्ट वेलफ़ेयर एसोसिएशन कि उपाध्यक्ष हैं, साथ ही वेस्टर्न फ़िल्म प्रोड्यूसर्स एसासिएशन के एसोसिएट सदस्य भी हैं। संप्रति वे साप्ताहिक हिन्दी पत्र *भोर हुई* के संपादक पद पर कार्यरत हैं।

नीलाभ–१६ अगस्त, १९४५, बम्बई में जन्म। शिक्षा : एम.ए. तक इलाहाबाद में। पढ़ाई के दौरान ही लेखन की शुरुआत। आजीविका के लिए आरम्भ में प्रकाशन। फिर चार वर्ष बी.बी.सी. की विदेश प्रसारण सेवा में प्रोड्यूसर। १९८४ में भारत वापसी के बाद लेखन पर निर्भर। 'संस्मरणारम्भ', 'अपने आप से लम्बी बातचीत', 'जंगल ख़ामोश है', 'उत्तराधिकार,' 'चीजें उपस्थित हैं', 'शब्दों से नाता अटूट है,' 'ख़तरा अगले मोड़ की उस तरफ़ है' और 'ईश्वर को मोक्ष' (कविता-संग्रह)। शेक्सपियर, ब्रेश्ट तथा लोर्का के नाटकों के रूपान्तर–'पगला राजा', 'हिम्मत माई', 'आतंक के साये', 'नियम का रन्दा, अपवाद का फन्दा' और 'यर्मा' बहुत बार मंच पर प्रस्तुत हुए हैं। इनके अलावा 'मृच्छकटिक' का रूपान्तर 'तख़्ता पलट दो' के नाम से। रंगमंच के अलावा टेलीविज़न, रेडियो, पत्राकारिता, फ़िल्म, ध्वनि-प्रकाश कार्यक्रमों तथा नृत्य-नाटिकाओं के लिए पटकथाएँ और आलेख। महात्मा गांधी अन्तरराष्ट्रीय हिन्दी विश्वविद्यालय के लिए चार खण्डों में हिन्दी के साहित्यिक विवादों, साहित्यिक केन्द्रों और मौखिक इतिहास की शोध परियोजना। जीवनानन्द दास, सुकान्त भट्टाचार्य, एज़रा पाउण्ड, ब्रेश्ट, ताद्यूश रोज़ेविच, नाज़िम हिकमत, अरनेस्तो कादेनाल, निकानोर पार्रा और नेरूदा की कविताओं के अलावा लेर्मोन्तोव के उपन्यास 'हमारे युग का एक नायक' का अनुवाद। वी.एस. नायपॉल के उपन्यास 'ए हाउस फ़ॉर मिस्टर बिस्वास' और सलमान रश्दी के उपन्यास 'दि एनचैंट्रेस ऑफ़ फ़्लोरेंस' के अनुवादों के अलावा इब्ने सफ़ी की जासूसी उपन्यास माला का सम्पादन। नेरूदा की लम्बी कविता 'माच्चू पिच्चू के शिखर' का अनुवाद बहुचर्चित रहा। मंटो की कहानियों के प्रतिनिधि चयन 'मंटो की तीस कहानियाँ' का सम्पादन। दो खण्डों में गद्य–'प्रतिमानों की पुरोहिती' और 'पूरा घर है कविता।' वैचारिक लेखों के चार संग्रह शीघ्र प्रकाश्य। फ़िल्म, चित्रकला, जैज़ तथा भारतीय संगीत में ख़ास दिलचस्पी।

रज़ा अब्बास–रज़ा अब्बास, जिन्होंने जासूसी दुनिया और इमरान सिरीज़ के इतने बेहतरीन आवरण चित्र बनाये हैं, चालीस वर्षों से फ़िल्म पोस्टर का काम और अन्य चित्रकला करते आ रहे हैं। उनका जन्म सन १९६६ में रायबरेली ज़िले के जैस इलाके में हुआ था। आजकल वे राजपुर रोड, दिल्ली में रहते हैं।